我們的重製人生 03

木緒なち
繪者 えれっと
Kionachi / Illustration Eretto

我們的重製人生

Remake our Life!
Let's time-travel to 10 years ago
and reenjoy creative
and sweet youthful days.

作者：木緒なち
插畫：えれっと

共通路線結束公告

03

我說不出話。
房間陰暗，空氣有些冰涼。
彼此身體緊貼。
傳來奈奈子身上的香氣與身體的溫暖。
「讓我用這種方式充電一段時間。」

「我覺得恭也你想太多了。」
「為什麼要突然擠到我身邊啊。」

「哪有？不是你多心了嗎？」

人物介紹
TSURAYUKI ROKUONJI
鹿苑寺貫之
SAYURI JISHOUJI
慈照寺小百合
NANAKO KOGURE
小暮奈奈子

AKI SHINO
志野亞貴
KYOUYA
橋場恭也
KEIKO TOMIOKA
登美丘罫子

我們的重製人生 03

共通路線結束公告

Remake our Life!
Let's time-travel to 10 years ago and reenjoy creative and sweet youthful days.

目次

Contents

序章　我在塵埃與黑暗中

回過神來，發現我在沙發上睡著。我揉了揉上下依然貼合的眼皮，環顧四週。

這裡是陰暗大樓的一間房。充滿了類似灰塵的氣味，微微傳來電腦運轉的聲音。周圍放置著無數臺桌電。

稍微碰一下就嘎嘎作響的桌子旁，飛舞的塵埃帶著光芒閃閃發亮。在陰鬱無比的室內，唯獨這裡特別奇幻，舉個特別蠢的例子，讓我聯想到通往異世界的入口。

噢，話說我以前好像在這裡製作遊戲。

製作的是美少女遊戲，我的職位是總監。可能由於剛睡醒，腦袋特別迷糊。似乎連掌握現狀都花了一番時間。

我使勁起身，用力拉了拉筋。關節發出啪嘰啪嘰的聲響。好不容易抽出時間去接骨院，師傅以認真的口氣叮囑我「能不能減緩使用電腦的時間」。我似乎因為維持同一個姿勢太久，導致肩膀與腰部肌肉僵硬。

「就是做不到啊。」

我走向窗邊被紙箱團團包圍的個人區域，坐在椅子上。椅子發出叭嘰叭嘰的聲響，彷彿馬上就要散架。靠背已經壞過一次，現在先用膠布捆起來繼續撐著。只要我還在這間公司，這應該就是我的最後一張椅子。之前找社長商量買新椅子，結果社長擺明了敷衍我。

電腦從休眠狀態中開機之後，我打開瀏覽器郵件。

「線稿會延遲……星期一早上一大早交稿嗎。」

結果立刻收到通知原畫延遲的消息。我嘆了一口氣，手肘靠在桌子上。

這種時期碰到延遲真的很傷。很傷可是無可奈何，況且原因出在CG指定拖太久。這款遊戲的CG指定本來該由擔任製作人的社長進行。結果他一直講「我腦海裡有點子」這種夢話，導致進度延遲。

雖然先行訂製了店鋪特典CG之類，但也沒辦法再拖下去，因此直到上週才抽離了指定的權限。

（明白！草稿感覺非常好，非常期待線稿的完成！另外不好意思，請容我詳細切分星期一早晨的期限。以早晨九點為目標應該沒有問題吧？）

委託的原畫師本領非常厲害，可是精神層面上卻有些難搞。原因似乎是遭到老東家幾近職場霸凌與與性騷擾的行徑。因此即使收到道歉郵件也絕對不能發火。要盡可能保持對方心情良好，同時輕描淡寫地明確指定郵件中模糊的交稿期限為「一大早」。這種方法要是出錯，會導致對方之後始終提不起幹勁。

沒收到線稿屬於無可奈何，因此我決定同時聯絡美術人員，請對方等到下週一。安排進度時預先考慮到可能會延遲果然是對的。

「接下來……哇塞，這不是更糟糕嗎！」

我忍不住從椅子上站起來。之前委託製造商品的業者說，製造商的貨被中國海關攔下來，目前正在交涉。如果趕不上下個月的夏季 Comic Mart，俗稱 Comima 的大型活動，會造成相當大的損失。

「社長案件……可是社長絕對會嫌煩而置之不理吧。」

於是我決定靠自己搞定。我立刻拿起手機，以 RINE 聯絡與中國企業打過交道的朋友。

（之前訂購商品，結果被海關攔下來，該怎麼辦才好？）

朋友立刻回應。他願意幫忙聯絡當地的朋友，直接告知對方業者原因為何，以及怎麼解決。我鬆了口氣，輸入**（謝了，下次請你吃飯）**後再度一屁股坐回椅子上。

桌上有一份印有【內部機密】的文件，只有製作人、總監與業務部可以看。雖然每次看這份文件都很痛苦，但我基於鼓勵自己的意義，深呼吸之後拿起來看。

「預約數量……二三二一份，是嗎。」

消息公布後已經過了一年，已經三度延後發售。即使好不容易以今年秋季發售為目標，情況也極為嚴苛。

到這個階段預約數量才兩百多份，在美少女遊戲業界中堪稱致命。即使考慮到製作期間一年半，以及五名公司員工的規模，銷售額沒有達到三千萬就慘了。

可是再這樣下去，業績頂多只有一百萬左右。就算加上今後預定公開的ＯＰ動畫，以及母片完工的報告，充其量也只有五百份。公開動畫與母片完工的消息都無法像以前一樣，出現在動畫新聞網站的頭條。在社群網站發文也只有三十次轉推，就算有原畫師追蹤轉推，也頂多一百上下吧。

換句話說，在這個階段已經走投無路了。

我放下文件，從椅子上站起來。回到剛才躺著的沙發，整個人栽在沙發上後轉身。

「都沒回家呢……」

全身好癢。公司既沒有浴室也沒有淋浴間，而且附近連公共澡堂也沒有。雖然騎腳踏車一段路就能回家，我卻沒有回去的氣力。我想盡可能避免增加自己的行動。

「哎……接下來該怎麼辦呢。」

每一天都持續熬夜工作與在公司過夜。早就超過了換算成時薪根本不划算，當成笑話看待的階段。現在無時無刻都在思考每個月要發的薪水，以及趕快將遊戲完成。

不論怎麼掙扎，情況始終沒有絲毫好轉。每天收到的都是壞消息，絲毫沒有話題對遊戲產生好影響。大家早就一臉看透的表情，發洩「這年頭還製作全價的盒裝版遊戲，簡直就是瘋了」這種不知是忠告還是挑釁的話。

我當然知道。這種事情我心知肚明。我知道現在在做的事情很落伍，各方面都跟不上時代。可是要阻止已經啟動的事物，需要龐大的能量。我想大家都不願意扮黑臉。這是當然的。畢竟沒有任何利益，而且做出這種判斷只有消極意義，也不保證有正面效果。

總而言之，只要先搞定眼前的遊戲，暫時就有錢進帳。分配收入，詳細計算，之後再去想其他事情就好。不，拜託讓我這麼做吧。目前我實在不想去思考其他的，以及複雜的事情。

總之先做吧，讓我搞定眼前的工作。

盯著陰暗的天花板，總是會想到糟糕的事情。實在不想將視野變得有些模糊歸咎於眼淚。所以我硬是閉上眼睛。

目前暫時得等待回覆，社長很快要來上班了。其他職員應該也差不多時間。在他們抵達之前睡一下，多半不會有人抱怨吧。

我趴在沙發上，勉強自己封閉意識。

睡著後就是明天。

因為到了明天，現在就成了過去。

◇

「嗯……」

醒來之後，我見到熟悉的天花板。

帶有些許斑痕的米色天花板。圓形螢光燈管的外側略為一明一暗地閃爍。這裡是前後住了將近一年，北山共享住宅的自己房間。

「……好可怕的夢。」

還隱約殘留著夢境的記憶。我夢見自己十年後，原本任職的遊戲公司時代。那個時代的一切都是灰色的，找不到任何光明。

以前我也夢過幾次那時候的情景。但是都斷斷續續，沒有這麼完整，所以傷害也不大。

可是今天的夢境特別強烈。印象甚至強烈到讓我下定決心，絕對不再回到當時。不再聞到那股陰暗，滿是塵埃的臭味，而是這股輕柔又溫暖的洗髮精香氣……

「洗髮精的香氣？」

這時候，我終於發現自己的身體特別沉重。有東西壓在我的胸口，導致我的身體動彈不得。

「志、志野亞貴……妳什麼時候睡在那裡的？」

我好不容易坐起上半身，發現壓在我胸口的真面目。

「嗯……？啊，已經早上了……」

壓在我身上的事物緩緩起身，「呼啊～」一聲打了個可愛的呵欠。眼神依然迷茫，在我面前低頭致意。

「早安啊。」

「早、早安……」

我也跟著低頭回禮。這空間是怎麼回事啊。

「原來她昨天來看照片集，看到直接睡著了嗎。」

好不容易才想起昨天的記憶。

志野亞貴要找鬧區的背景照片，搜尋圖片卻依然找不到想要的圖，所以來找我商量。我正好有適合的圖片，因此答應讓她看。

可是志野亞貴似乎正專心工作，拖得很晚才來，夜已經深了。我則因為打工等原因很想睡覺，於是同意專心看照片集的她可以拿回去看，然後就跑去睡覺……

沒想到之後連她也睡著了。

「照片非常精美喔，這樣應該可以畫出好看的大樓街景呢。」

她似乎非常開心，所以是還好。

「是嗎，照片集妳可以拿去看沒關係……呃，志野亞貴？」

志野亞貴依然大大方方坐在棉被上，靜靜地閉著眼睛。

「呃，這、這個……」

若結局其實是她睡著了，倒還能讓我鬆口氣，

「……恭也同學，嗯……」

但她明顯在等待我的下一個舉動，喊出我的名字。

「志野亞貴……」

我輕輕摟住她嬌小的肩膀，臉逐漸湊過去。

自從上次學園祭的事情後，我和志野亞貴的感情沒有什麼進展。即使經常到對方的房間聊天，但聊的內容都是畫和影像，絲毫沒有聊到男女感情方面。

當然，也沒有接吻過。

（……現在如果親下去，基本上就確定了吧。）

我只有一點點交往的經驗，老實說，我不知道從哪裡開始算是男女關係的境界線。

可是以學園祭與目前的情況來看，我們已經算是在交往了吧。

一靠近她，就清楚感受她身體的溫暖。與秀髮飄出的洗髮精香味相輔相成，感覺我的腦袋在逐漸融化。

所有神經完全集中在志野亞貴雙脣的結果，導致我疏於注意四周，就在這時候。

房門突然開啟。

「早啊！恭也，突然說要開研討會，到底該……」

正要說出口的話突然停頓。

仔細一瞧，是一臉吃驚的奈奈子呆立在門口。

「啊。」

「欸？」

我們兩人模糊不清地回答她後，

「……哎、哎喲……看來已經下定決心了嘛……」

奈奈子明顯充滿誤會的反應，半瞇著眼睛看我。

「奈奈子，不是這樣的，其實是……」

到底該怎麼解釋才好，在我即將牛頭不對馬嘴地說明時，

「看照片集看到睡著喔。」

志野亞貴露出不以為意的笑容表示。

呃，雖然妳說的沒錯，但在這種情況下她不會相信吧！

「呵、呵——嗯，原來是這樣，那得早點回房間去喔～」

太陽穴青筋跳動的同時，奈奈子也強行露出笑容。

一反慌張的她，志野亞貴一如往常露出很有自我的笑容，

「嗯～嗯，我回房間換衣服去。兩位待會見～」

輕巧地起身，迅速回到房間去。

剩下一名尷尬的男生，以及一名明顯帶有怒意的女生。

我戰戰兢兢地，嘗試向她開口。

「……所以說，奈奈子，呃。」

女生犀利地瞪向我，

「恭也你也趕快下來，貫之在等你了！」

語氣略帶怒意地開口後，不爽地關上門。

「奈奈子顯得特別生氣，怎麼會這樣啊。」

她可能誤會我和志野亞貴在行苟且之事，可是看起來也未免氣過頭了。

「反正還有更需要思考的事情……」

我嘆了一口氣，拿起放在一旁的紙張。

「總之，現在得強化團隊的向心力才行。」

幾張紙上的封面寫著同人遊戲的企劃書。製作日期是昨天，想到要製作則是幾天前。

「……比想像中還要快呢。」

曾幾何時，我在心中描繪過。

當時製作遊戲的過程充滿了辛酸。在即使想做夢，卻連怎麼做夢都忘記的情況下，天天機械化地處理眼前工作。

可是，這次卻不一樣。我可以和當時，也就是十年後發光發熱的白金世代頂級創作者，一同製作夢想中的遊戲。即使環境與情況不一樣，但是與能專注製作遊戲的他們合作的話，肯定能完成相當優秀的作品。

更重要的是，自己的能力可以派上用場。並非之前間接發揮作用，而是直接。況且靠這股力量，或許有機會拯救貫之的危機。

我站起身來。拉開窗簾，讓全身沐浴在朝陽中。

十年後，我遮蔽光線，全身埋沒在塵埃中。

十年前，太陽光感覺如此清爽。

對我而言的重製人生，由此開始——

第一章　我們製作遊戲

十二月十六日，星期六。

學校差不多開始放寒假的週末早晨，我在客廳召集北山共享住宅的所有室友。

關於召集原因，我猜很難由貫之開口，已經先行告知兩名女生。不過關鍵的內容則尚未透露。

志野亞貴，奈奈子，以及貫之。三人鑽進被爐，然後看著我。

環顧三人的表情後，我才開口。

「我希望大家一起製作同人遊戲。」

即使我下定決心說出口，大家的反應卻十分遲鈍。

「這個，同人遊戲……是什麼？」

奈奈子說出似乎有必要從前提開始解釋的問題。

「意思是不以商品發售，而是在 Comic Mart 之類的活動上販售的獨立製作遊戲……對吧，恭也？」

貫之加以說明。從他的解釋可以得知，似乎有這方面的知識。

「沒錯，你的認知是對的。」

「哦，原來遊戲還有這樣的啊。音樂我倒是聽過。」

奈奈子佩服地表示。

「原來遊戲不只是遊玩呢。以前都不知道還可以製作。」

志野亞貴似乎還沒有自己創作的實際感受。

「就是說啊。我們真的做得出來嗎？剛剛才知道原來還有同人遊戲呢。」

「的確，連我都沒有頭緒該如何製作。」

奈奈子和貫之似乎都有相同感想。

「這一點由我來協助，沒問題。大家放心。」

不過這正是我可以挺住一切的部分。

老實說，我比製作一開始的映像作業時更有自信。

「提到遊戲，有像超級瑪莉歐那種動作遊戲，也有像勇者鬥惡魔那種ＲＰＧ。不過這次我們要做的不是這種遊戲。」

雖然以程式設計師而言，罫子學姊是相當優秀的人才。可是要做遊戲系統複雜的作品，製作管理還是會很麻煩。

「那究竟是什麼遊戲？」

對於志野亞貴的問題，

「還有一種遊戲類型……叫做視覺小說。」

由於遊戲機制簡明易懂，加上製作工具也便於使用。視覺小說從九〇年代後半登場後，成為爆發性成長的遊戲類型。

對於像這次讓玩家閱讀劇情，展現插圖功力的作品而言，堪稱最適合的類型。實際上在同人遊戲業界中，視覺小說的數量相當驚人。

十年後的我在進行的案子也是視覺小說。因此在製作管理的方法上有不少經驗。即使考慮到風險，也很自然會選擇這種類型。

「最重要的是，視覺小說就可以活用貫之的擅長領域。所以才會選擇這種類型。」

如果只想賺錢的話，找高收入的工作就夠了。可是這一次，貫之想靠自己的力量賺錢。為了營造這種前提，我認為選擇主軸是劇本的遊戲類型是最佳的答案。

接著我說明每個人負責的部分。

「如我剛才所說，我希望貫之負責劇本。奈奈子負責音樂，志野亞貴負責整體插圖。我則擔任負責彙總的總監。」

視覺小說的好處在於，不需要太多人員就能製作。只要重要部分有常駐工作人員，最少一到兩人都可以製作。這一次在各領域都有擅長的成員，目前甚至可以說占點優勢。

職責等於從一開始就分配好一樣。大家聽到我的說法時，似乎也想像到自己會分到什麼樣的工作。因此很快就拍板定案。

「好，那我想開始討論具體的企劃。我們想要製作的是——」

奈奈子制止了我即將說出口的話。

「等、等一下啦，恭也。就算遊戲做得出來，真的能夠賣出去賺到錢嗎？」

難掩心中不安的表情，奈奈子問我。

「因為短時間必須賺到一大筆錢，我們這群外行人要製作遊戲販售，聽起來實在很不可靠。可是我想聽聽看，為何恭也你這麼有自信。」

「老實說我也感到不安，問題是恭也說得這麼有自信……」

從醫院回來的路上，我已經先讓貫之聽過構想，但他現在卻對我露出比奈奈子更不安的眼神。

「我也想聽聽看恭也同學究竟怎麼想，如何採取行動。」

志野亞貴也有許多問題想問。

對三人而言，似乎很難想像到外行人聚集起來製作的東西能迅速賣錢呢……

不過這也不能怪他們。

如果陷入這種情況時，聽到的解決方法是「大家一起製作遊戲」，換作是我也希望對方能解釋到自己可以接受為止。

「知道了，那我就具體說明如何賺到錢吧。」

◇

事情要回到三天前。

知道貫之為了學費傷腦筋的我，馬上與某人約見面。對方的回應是隔天剛好有空。

「沒想到你會主動聯絡見面呢。還真難得耶。」

我和罫子學姊約在在學園內的黑桃咖啡廳見面。

「不好意思找學姊出來。老實說，我想製作遊戲，希望學姊能幫忙。」

罫子學姊頓時露出笑容。

「哦！那你要成為偶們的製作人員嗎。好啊，那就立刻介紹偶們的成員……」

「……不是啦。製作人員始終只有我們，希望罫子學姊以幫忙的形式合作。」

罫子學姊的笑容變回認真的表情。

「這又是什麼意思啊。」

「老實說，我們需要錢。而且是只靠我們賺到的錢。」

聽得她表情一變，露出賊笑。

「種模啦，難怪勾搭上奇怪女人了嗎？有人介紹的『我是你爸爸』結果顯然是混黑社會啦。或者第一次約會突然被關在地下室的可疑店家啦，還是說……」

見到特別開心地滔滔不絕的罫子學姊，

「是學費，貫之的學費。」

我插嘴直接說出原本的原因。

「……這個原因可不能開玩笑耶。」

罫子學姊也再度露出認真的表情。

「聽說繳學費的期限是四月，勉強可以延到五月初。在期限前大約要湊到一百萬，目前貫之手邊有二十萬左右。」

另外我還提出一些條件，例如貫之要的不是募款，以及希望能活用他的力量賺錢。

「剩下八十萬嗎。就算一點一點將大家一起賺來的份交給貫之，總共也要三百萬。意思是營業額要達到四百五十萬才算合格。」

大家一起分配的話，就會變成這樣。

我想起十年後地獄般的情況。明明有五名職員，收入卻勉強只有一百萬，問題是借款超過了兩千萬。賺錢很難，非常困難。當時我痛徹心肺地了解了這一點。

「偶想你應該知道，賺錢粉難的。尤其是同人遊戲，光靠你們這群外行人要賺錢更難。不能想想別的方法嗎？」

當然，我早就料到她會這麼問。

就算罫子學姊邀請過我，但我在製作遊戲的領域上，頂多只比外行人多懂一點皮毛。

結果我卻突然開口要做新遊戲，還要靠賣遊戲賺錢。如果我站在罫子學姊的立場，肯定覺得根本就是胡鬧，然後默默整理同人遊戲界的殘酷故事丟給我看。

……但這次明知嚴苛卻還要硬上，其實是有原因的。

「我……說明一下情況。」

於是我說明貫之的家庭問題，以及他本人的現況。

提到他之前怎麼賺取學費，以及現在即將失去收入。還有他的個性可能不會接受募款……諸如此類。

更重要的事，靠他自己創作的作品賺錢也是重要原因。這不僅有助於提升本人的自信，也能用來說服父母。

「原來如此。反正他的自尊心似乎也很強，雖然聽起來很魯莽，但是可以理解。」

這種胡來的前提暫時得到了罫子學姊的理解。

「所以要通過如此嚴苛的條件，你有什麼想法嗎？」

我當然也早就料到她還會問這個問題。

罫子學姊隸屬的怪誕蟲遊戲是人氣社團。她本人也說過曾經賣出好幾千套遊戲。

但並非所有作品都這麼暢銷。

製作期間大約四個月，除了有經驗的總監以外，其他工作人員都是大外行。老實說，這樣非常難預測銷售量。

「我有事情想拜託羿子學姊。」

「嗯，什麼事？」

「能不能告訴我社團迄今為止的營業額呢？」

這個要求相當沒禮貌，而且侵門踏戶。

社團營收當然是黑箱資訊，不可以輕易告訴別人。因為這些數字會成為爭執的核心，還會招惹不必要的麻煩。

不過羿子學姊倒是非常爽快，

「好啊，但是別外流到網路上。」

嘻嘻笑的同時答應我的要求。

「那、那當然。非常感謝學姊。」

羿子學姊打開帶來的筆電，啟動試算表程式。

「這是社內的超級機密。我們社團的營業額一覽表。」

上頭以實際數量記載怪誕蟲發表過的遊戲名稱，以及營業額。

包括即賣會場，同人店鋪，分別條列出真實數目。

「最近偶們社團推出的遊戲，大約都會賣出四～五千套吧。」

不愧是大型社團。就算合計會場與店鋪的發行數量，每一作都要維持這種規模應該很困難。

「會場首賣的遊戲可以占銷售量的幾成？」

「八成左右吧。剩下的就靠長尾效應一點點銷售。」

他們的粉絲層似乎相當固定。

現在是二〇〇六年，這時候同人遊戲還很有活力。創作者的名字與社團名稱也有品牌力量。

想想看。在這個時候，純靠新人製作遊戲，並且銷售的話。到底該怎麼選擇，才能得到亮眼的成果呢。

「學姊願意聽我的計畫嗎？」

我好不容易建立了架構。

「好啊，說說看。」

「首先我們在這幾天趕緊擬定新作企劃。搞定遊戲名稱與一張印象插圖，整理成傳單，以預先宣傳怪誕蟲遊戲的新作情報為名義，在冬Comi分發。」

我借用罫子學姊的筆電，確認下一款遊戲的發表計畫。

「怪誕蟲遊戲這一次不會推出新作，而是預定推出之前作品的盒裝合輯。換句話說，在這時候發表新作，期待度與受矚目度都會一口氣增加。」

「可是靠你們新人耶？要如何保證銷售量？」

「這就要再拜託一次學姊了，希望能幫我們掛保證。由主要成員打包票，對外宣傳是社團的年輕成員新作。」

「……原來如此。」

罫子學姊點了點頭。

「讓偶們的創作陣容為你們的作品寫推薦文。然後在傳單上大大宣傳，穩住固定客群的心嗎。」

「對，就是這樣。」

當然，這種危險手段堪稱兩面刃。

如果成果良好，就能安全過關。但如果搞砸了，不僅會成為社團的汙點，我們身為創作者的評價也會跌落谷底。

可是要在短期間內宣傳，就必須冒這種風險才行。

「由於是實驗性作品，價格也並非之前遊戲的發布價兩千圓，而是一千五百圓。以規模而言應該很合適。」

「至於發布時期，四月底有一場叫 Comic Zero 的同人活動首次舉辦，就選那一場。該活動的前身即賣會似乎有不錯的成績，應該不會太混亂。」

「官網也會與冬 Comi 同一時期建立，每週更新一次。會經常推出新鮮的情報，這是相當重要的關鍵。」

我依靠之前的經驗與過去的記憶，從十年前的情況思考究竟需要什麼，同時擬定製作與促銷計畫。這一瞬間雖然很困難，卻也非常開心。

「這樣……學姊覺得如何？」

聽完大致說明後，罫子學姊咧嘴一笑。

「你呀，明明才十八、九歲而已，居然想得到這麼狡猾的計畫啊。」

雖然我有點心驚，

「以前有學長很了解這個，所以……」

但還是先含糊其辭。

「偶沒有意見，應該可行吧。當然，你們得先提出水準足夠的計畫，以免砸了社團的招牌啊。」

「……好的，肯定會。」

「話說你既然都想到了這麼多，應該也想到要推出什麼企劃了吧？」

……沒錯，這才是最重要的關鍵。

在這種時期，這段期間。靠這些成員，透過同人這種媒體。

「這一次的企劃是——」

◇

「校園……系？」

面對被爐的三人都露出不解的表情。

「什麼意思，是指類型嗎？」

對於貫之的問題，我「嗯」了一聲點點頭。

「沒錯。以學校為舞臺的作品，通稱校園系。不只同人作品，在遊戲類型中也相當受歡迎。」

提到同人遊戲的人氣類型，一開始會想到誕生熱門作品的奇幻系。可是這次製作時間很短，加上創作人也默默無名，沒辦法如此冒險。

因此要選擇受歡迎層面比奇幻系還廣，即使是新人的作品也能讓人感興趣。也就是「校園系」作品。

「舞臺是校園……意思是故事發生在校園嗎？」

歪著頭的奈奈子詢問。

沒錯。即使統稱校園系，內容也五花八門。有整座校園跑到異世界，也有被捲入怪異現象的作品。不如說要在同人遊戲界舉例的話，這種風格特異的作品特別多。

不過這一次的目標，是盡可能對廣泛客層推出容易上手的作品。因此內容愈普通愈好。

「戀愛系……作品吧。我打算製作非常常見的戀愛冒險遊戲。」

「戀、戀愛……是嗎。」

奈奈子一瞬間望向我和志野亞貴……似乎是。

總覺得奈奈子似乎特別在意這個詞。

「這種題材在同人，包含商業，也是最容易上手的。玩家應該也會毫無牴觸地接受。」

「商業是什麼意思啊？」

志野亞貴水靈靈的眼睛望向我。

「啊，抱歉，我的用詞不太好理解。一般稱呼在店鋪販售的遊戲叫做商業遊戲，簡稱商業。」

不小心冒出以前說話的習慣。再次思考後才發現，不論商業或是同人都是業界用語。

「關於詳細內容，我打算明天再度討論。目前大家有沒有疑問？」

沒有任何人舉手。

其實在這個階段，大家應該都只會隱隱感到不安吧。

「好，那麼下一次研討會的時候……」

「啊，抱歉，我可以說句話嗎？」

貫之插嘴，然後站起來。

結果他深深低下頭去。

「大家，抱歉。原本不想連累大家……可是我一個人實在扛不住，才會依靠恭也，然後依靠大家。」

所有人一語不發。露出認真的表情，仔細聽貫之的話。

「老實說，就算叫我做遊戲，我也不知道該怎麼做……但既然已經連累大家，我就會拚命去做。請大家……多多指教。」

一瞬間，沉默籠罩在所有人之間。

但就在下一瞬間。

「呵呵，貫之竟然這麼老實，真是難得呢。以前不是也依靠我們很多次嗎？」

奈奈子打破氣氛，開口挑釁貫之。

「囉嗦，雖然我剛才說拜託大家，但是奈奈子只占其中的一成左右。」

「拜託，這個比例有問題吧？至少該說三成嘛！」

兩人馬上開始鬥嘴。我原本擔心貫之過度內疚，不過多虧奈奈子，氣氛似乎緩和了些。

「恭也同學。」

志野亞貴盯著我瞧。

「好像要做相當困難的事情……沒問題嗎？」

她聲音有些不安地問我。

「嗯……我絕對會想辦法搞定！」

為了消除她的不安，我堅定地承諾。

◇

隔天，我首先前往動漫社的社辦。

「嚇我一跳。前幾天才剛見面的你，居然會主動找我呢。」

社長山科學長和之前在學園祭遇見時一樣，面露平穩的笑容。

「不好意思，有件十萬火急的事情想拜託學長。」

「哦，我能做的事情應該不多，是什麼事？」

「不，應該說這件事只能拜託學長。」

「哦……」

我直截了當說明我們想製作校園系遊戲，製作期間大約四個月。以及這個企劃是為了幫助朋友而擬定的。

「想請學長製作背景CG。」

即使拜託志野亞貴製作立繪與事件CG。但是考慮勞力，如果不稍微分散工作量，很有可能開天窗。

所以背景CG完全分工，請專人負責的話更有效率，也能提升品質。

透過以前保管的光碟，已經確認過山科學長的實力。包括人品、對背景CG的專注等方面，真的很希望這樣的人才加入。

「……每一張的單價是三萬圓。包含時間差異，我估計是四萬圓。從工作所需工時反向推算，總張數大約十張到十二張……學長覺得如何？」

聽到我一口氣說完條件，山科學長手扠胸前思考了一陣子，結果突然咯咯笑。

「記得……你是應屆考上的一年級生吧？」

「對，沒錯。」

「可是不論開示條件與行情價，從日數到張數計算等方面，都判斷得相當準確。你以前在哪裡做過遊戲嗎？」

……糟糕，又凸槌了。

「呃，以前有學長……在開發遊戲，我才會記住而已。」

總之我用面對羿子學姊的相同方式蒙混過關，但也實在太刻意了，我稍微反省一番。下次先想好專門回答這種質問的說詞吧……

「是嗎。總之呢，條件比普通的商業作品更完整，我希望務必試試看。」

即使我是突然拜訪的奇怪一年級生，山科學長依然爽快答應。

「感、感謝學長……！」

「我還沒提出任何成果，先別急著道謝。等母片完工後再謝我也不遲。」

不愧是了解業種的人，看得出來在小地方十分嚴謹。

「那我就期待你的企劃書囉。」

說著，山科學長微微一笑。

◇

當天午後，我搭電車轉車，來到大阪的中心地帶。

「雖然梅田開了一間友都七喜，不過電器街依然健在呢。」

為了籌措製作遊戲的必須器材，我陪罫子學姊前來。

「話說橋場學弟常來日本橋（註1）嗎？」

「還好，火川他似乎比較常來。」

「那個壯壯的男生吧。他喜歡美少女遊戲，難怪他常來～」

1　大阪的電器街。

罫子學姊開心地嘻嘻笑，同時走在馬路上。雖然她說得輕描淡寫，可是以她的外表，可能沒辦法進入有年齡限制的店鋪。

「話說回來，你買了好多東西呢……」

我雙手提的紙袋中裝了一臺桌上型電腦、音樂器材，以及混音程式。因為要製作同人遊戲，只有奈奈子沒有音樂器材，我才和學姊一起來購買詳細器材。

「反正初期投資是必要的。考慮奈奈子的才能，希望購買完善的器材提供她製作呢。」

罫子學姊說得沒錯。要認真拉攏創作者，器材當然要好。尤其是這一次，從一開始就需要她發揮所有實力。

「話說要製作校園系遊戲啊，偶還以為會選擇奇幻或驚悚耶。」

「太過平凡了嗎……？」

「不會，考慮到期間與條件，這是比較好的選擇。你也想到這一點才選這種題材吧？」

當然，學姊說得沒錯。

以廣泛客層接受為前提是當然的。更重要的是，我還考慮到這個時代的遊戲風潮。

提到二〇〇六年這個時代，催淚遊戲的風潮在同人遊戲業界結束，各種類型的內容百花齊放。可是創作「想創作的作品」這種大趨勢依然沒變，還是由創作者主導陣容。

正因為這種時代，透過同人推出完整包裝，而且精準掌握今後暢銷題材的遊戲，應該可以期待亮眼的營收……抱著這種想法，我才會推出企劃。

「大家都已經接受了吧？」

聽到我的說明，罫子學姊僅插了一句。

「嗯，大家都同意這個方案了。」

「是嗎，那就好。」

接下來就是該做什麼內容的遊戲。今日稍後的研討會上要做出決定。

「嗯……？那是什麼啊。」

罫子學姊突然停下腳步，望向十字路口。

「發生什麼事了嗎……咦，哇。」

看向同樣方向的我忍不住驚呼。

從御宅街正好朝向中央馬路的方向。

一輛大黑車停在該處。

記得那好像叫濱利汽車，超過一千萬的高級車。不過我驚訝的不是車子。

「…………」

從車上走下一名女性。

頭戴白色帽子，身穿白色連身洋裝。妹妹頭短髮修剪得漂亮又整齊，容貌即使隱藏在帽子底下，都看得出是位美女。

「……好漂亮呢。」

「是呀，一點都不適合日本橋。該不會要去鷹島屋百貨吧？」

的確，若是馬路對面的百貨公司，應該也很適合她。

不過這名女性卻似乎望向明顯和自己不搭調的電器街。

仔細一瞧，四周的路人好像也在觀察這位美女。

到底有什麼目的……在我如此心想的下一瞬間。

「諸岡先生。」

女性簡短地呼喊人名。

「在。」

從車上走下一名身高將近兩米的魁梧巨漢，對女性畢恭畢敬。

「看來似乎不在呢。」

「非常抱歉，之前聽說可能在這裡……但似乎是誤報。」

「沒關係，直接到他住處找人吧。先回旅館一趟，然後出發。」

「遵命。」

簡短交談後，女性迅速坐上車，然後彷彿若無其事地離去。

我和罫子學姊都不約而同，目送那輛車直到看不見為止。

「好久沒見到那麼顯眼的大小姐了呢。」

宛如見到稀奇事物的罫子學姊點頭。

「究竟是怎麼回事呢，好像在找人。」

「誰曉得，該不會是養在家裡的小白臉阿宅跑了吧？」

若是這種原因的話，對於出身高貴的大小姐而言實在太丟臉了。

「反正和偶們沒有關係。回去吧。」

「好、好的。」

我急忙追上迅速走向地下鐵入口的罫子學姊。

◇

回到共享住宅後，我立刻設置器材。

其實是以奈奈子的音樂器材為主，過程倒是很順利。但可能器材比預料中還要正式，奈奈子的表情有些緊張。

設置結束後，當著聚集在客廳的眾人面前，罫子學姊說出意想不到的一句話。

「咦……學、學姊剛才說什麼？」

「嗯？情色場景的事情嗎？當然啊，沒加情色場景種模賣錢呢。」

罫子學姊宛如內行人的語氣，說得輕描淡寫。

「要加入情色場景嗎？」

志野亞貴似乎尚未完全理解，露出一頭霧水的反應。

「咦……情、情色……是嗎。」

「真的……假的啊。」

奈奈子與貫之驚訝又困惑地睜大眼睛。

的確，最近的同人小說添加情色場景就像常識。以同人發表有床戲又有聲音，堪比商業遊戲的的作品，在這種時代某種意義上是標準。如此一想，罫子學姊這番話是理所當然的……

不過在毫無抵抗力的狀態下突然聽到這種話，也難怪他們會有這種反應。

「拜託，恭也！」

貫之突然抓住我的手。

「哇，貫之，怎麼了啊。」

就這樣，我被他硬拉上二樓。

一走到階梯頂端，他就在我耳邊竊竊私語。

「就、就是說，既然要加入這種場景……代表得由我撰寫這些場景嗎？」

「嗯，對……是沒錯。」

「哇靠～真不敢相信，我哪寫得出來啊！」

貫之突然抱著頭，開始痛苦不堪。

「怎麼了啊，貫之，你不至於沒有經驗過吧……」

話說到這裡，我這才終於發現。

「難道，貫之你……」

貫之絲毫不敢看我的眼睛，

「……就、就是沒有啦。」

我立刻明白他的意思。而且我不敢這麼殘忍地現在向他確認。

「不會吧……」

呃，其實我一開始在這個年紀也是一樣。

「所以我才不安啊。擔心就算寫出這種場景，不就等於說謊了嗎。」

我明白。簡直明白到不能再明白。因為我以前見過好幾位作家真的為了這種事情而痛苦。

「放心，有範本。只要參考範本寫就行了，我也會仔細檢查。」

我嘗試說服他，讓他放心。

「是、是嗎……我知道了。」

貫之似乎暫時接受，點了點頭。

不過我沒想到他竟然沒經驗。依照一般標準，他長得很帥，看起來也並非不受女性歡迎。

男性之間的重要討論暫時搞定，於是我們兩人回到樓下。

「嗯？緊急會議開完了嗎？」

「這、這個，算是吧……」

「……差不多。」

結束是結束，但是討論內容多半之後會再度出問題。

「你們應該已經聽恭也說明過了，這次要製作一千五百圓的遊戲，在同人即賣會與店舖販售。既然要做，就必須做出真材實料的遊戲。這方面總監應該會好好照顧你們，所以就拜託啦～」

然後由罫子學姊說明遊戲整體，以及程式、規格方面。

其實我有點擔心一口氣塞這麼多內容，大家是否聽得懂，但這次畢竟分秒必爭。大家聽不懂的部分之後由我補充。

「好啦，加油吧～」

解說完畢後，罫子學姊一如往常揮揮手，然後離去。

稍微整理一番後，終於要召開企劃會議。

「好，那麼開始討論遊戲內容的研討會……」

我說到這裡，奈奈子緊緊揪住我的衣襬。

「話說，恭也……」

說到這裡，奈奈子難為情地頓了半晌，

「我從來沒碰過這種遊戲耶……」

「是指剛才提到的美少女遊戲嗎？」

奈奈子點頭示意。

「啊，那要不要試玩看看？我現在手邊有。」

「咦，現、現在就玩嗎？」

「只是稍微體驗一下，透過遊戲感受氣氛之類即可。」

「好、好吧……」

這種事情要盡快掌握比較好。

「要用我的筆電玩嗎？在這裡也可以玩。」

「才、才不要！我要一個人玩！」

似乎覺得當著大家面前玩很難為情，奈奈子拒絕。

於是我將非常正常的校園系美少女遊戲交給奈奈子。

「唔……這麼可愛的女孩子們要做那種事情啊……」

她說出聽起來有一點罪惡感的想法。

「大約三十分鐘會出現這種場景，總之先試著玩到那裡。」

大家在客廳等候，奈奈子一個人拿遊戲回到房間。

然後。

「哇——————！」

正好三十分鐘後跑回來的奈奈子，滿臉通紅地開始猛拍我的背。

「好、好痛！很痛耶，奈奈子，到底怎麼了啊？」

一問之下，奈奈子的臉不停發抖，

「那、那是什麼啊！還以為有可愛的女孩子登場，結、結果竟然做那種事，還說出不得了的臺詞！我嚇了好大一跳，丟臉死了！真是的，真是的！」

「到底發生了什麼事啊……」

目睹事情經過的貫之也露出不安的表情。

「那、那還算是比較溫和的遊戲啦！要重口味的話有更重的啦！」

「更重口味的意思是……？」

我在她耳邊低聲告訴她有些重口味的內容。

「呀——————！」

結果奈奈子再度在我背上猛拍。

「好、好痛，很痛耶！」

「居、居然敢說出這些內容，恭也你這笨蛋，大變態！到底在想什麼啊！」

奈奈子劈頭罵完後，落荒而逃躲回房間去。

「拜託，奈奈子！研討會，要開研討會！」

「現在沒辦法！不先讓我冷靜一下頭腦沒辦法啦！」

一名女孩從頭到腳紅得像煮熟的蝦子，出乎意料地純真。

「哎……真的假的……情色劇情喔……到底該怎麼寫啊……」

一名男性嘆了口氣，抱著頭傷腦筋。

「雖然不知道怎麼回事，但似乎很有趣呢～」

一名女孩似乎真的狀況外，享受當下的情況。

「這個……嗯，好像很厲害呢。」

在另一種意義上，可能比以前體驗過的製作環境更加辛苦。

◇

隔了一段時間，重新召開企劃會議時已經過了晚上八點。

「既然是以校園為舞臺的故事，就來決定故事內容吧。」

一徵求大家的意見，貫之便立刻舉手。

「可以問個問題嗎。」

「嗯，請問。」

「既然是校園系遊戲，代表舞臺基本上在校園內吧？如果在外面亂晃，就變成只是穿著學生制服的故事而已了。」

從仔細斟酌定義這一點，展現出很符合貫之個性的認真。

「沒錯，其中也有只要穿著校服就算校園系遊戲。不過考慮背景ＣＧ，還是限定在校園內，登場舞臺比較統一。」

委託山科學長製作的背景ＣＧ，如果要求特殊種類，「美術設定」會相當辛苦。這樣會壓迫到工作行程，期間內能製作的張數也會變少。

若遊戲舞臺限定在校園內，還有資料照片與指定的話，工作也能限縮在最小程度。校園系作品之所以特別多，資料的多寡也是原因之一。

「知道了，那麼舞臺就設定在校園周邊。」

貫之表示，先暫時提出想到的內容，然後以草稿的感覺列舉可能當故事主旨的點子。

校園七大神祕，神祕的轉學生，搞怪教師，高壓管理下的校園與試圖打破現狀的革命師生，奇怪的社團活動，以班級為單位的階級制，校園內的派系抗爭戲碼，諸如此類。

不愧是有志於以撰寫故事為工作，舉出的每一項內容都有機會發展成主線劇情。

「貫之同學想到的主題，每一個都很有趣耶。」

志野亞貴也笑咪咪地聽著。

「真的，每個人都至少有一項擅長的事情呢。」

即使有些不甘心地噘起嘴，奈奈子似乎也認同他的點子豐富。

「怎麼樣，恭也？剛才說的點子，有沒有哪個可以發展成主線？」

對於貫之的問題，

「嗯，每個點子都不錯……如果可用的製作期間有半年以上。」

我如此回答。

「咦……意思是說，剛才提出的點子全都不能用嗎？」

我點點頭，

「沒錯，很可惜。」

「不會吧！總監真是嚴格耶！」

貫之抱著頭趴在被爐桌上。

他剛才想的這些點子，從常見題材到劍走偏鋒，全都格局寬廣又十分有趣。

可是這次的容量與時間都有限。愈是講究設定，光是說明舞臺就有可能吃光序盤的容量。

「所以呢，我想想……剛才的點子中，像是舉辦奇怪的社團活動，這種簡單的題材應該有機會。」

「哦，那我有好點子了。這個社團就叫超自然研究會。」

「就說這樣不行了，太特殊的不行。」

「也太嚴格了吧！」

……反正在這個時代，某部時間迴圈系的超級大作尚未推出，所以不算換湯不換藥。

「最好多選擇只在放學後玩耍的社團活動，這種方向比較好。或是設定學生會之類。」

「……靠這種幾乎等於沒有的設定，能作為劇情的開端嗎？」

其實有些作家能從他人設計，極為普通的女僕咖啡廳設定誕生出優秀的傑作。

「嗯，以此為基礎努力吧。」

「唔……」

貫之握緊的拳頭顫抖，彷彿投降般失落地低下頭去。

「哼哼～真可惜啊，貫之同學，期待你設計出名作劇本喔～」

奈奈子看準時機挑釁他，

「囉嗦耶，妳先擔心自己吧，身為配音人員卻連器材都不太會用。」

「別、別說我是配音人員！器材我也會學到會用為止，一定會！」

既然他們還能鬥嘴，應該沒問題吧。

「恭也，遊戲最後會是戀愛故事嗎？」

志野亞貴突然插嘴。

「嗯，應該是。」

「那麼畫接吻場景之類，應該很開心呢～」

「咦……！」

情急之下我脫口說出。

「接、接……吻……？」

不知為何，奈奈子也發出聲音。

「怎、怎麼了奈奈子？」

「不，沒有沒有，沒事！」

奈奈子急忙轉過頭去。難道因為從志野亞貴的口中說出接吻這個不適合她的詞，感到驚訝嗎。

……難道她在學園祭看到了那一幕？

不會吧，當時奈奈子應該在舞臺上。

「以前我大多畫一名女孩子的圖，所以很期待呢。」

而且她本人似乎完全沒發覺。

其實我一瞬間也心驚膽跳呢。

「那就來具體歸納設定吧。」

既然大致印象已經確定，就決定開始填充細節內容。

要輸入程式碼，還考慮CG張數等條件，決定文本的容量在五百KB以內。女主角為三人。有各自的路線，會分別發展個別劇情。

貫之也提出要求，除了女主以外的兩名配角，分別設計類似恐怖路線與非日常戰鬥系的劇情。其實原本想將所有路線都設計成日常系，但是考慮到貫之撰寫的原動力，這樣未嘗不可。

「北山團隊‧遊戲製作部……終於要開始運作了。」

接下來就只剩下實際展開製作。雖然大家的表情還有些許不安，但只要有經驗的我仔細統合所有人就行了。

「好，今天就先到這裡，從明天開始再次……」

可能從早上又是交涉又是出門，我有一點累了。

暫時休息一會，明天早點起來統合企劃與製作的指示即可。

如此心想的同時，我準備結束研討會。

沒錯，我有點累了。所以，

「晚安，打擾了！」

結果伴隨巨大聲響，房門打開，

「阿貫，好久不見了！我好想見你喔～！」

「啊？……呃，哇啊啊，小、小百合姊？」

「總之呢～慶祝重逢，先親一個吧？」

「才不要！拜託，臉幹麼湊過來啊，聽我說，好不好，喂！」

「沒關係啦，嗯～～」

以前所未聞的聲音大喊的貫之，抵抗絲毫沒有作用，當場被推倒在地。

「咦，阿貫？小百合？……誰？」

「是貫之同學的客人嗎？」

即使奈奈子與志野亞貴滿臉驚訝，茫然不解，

「來，阿貫！別念大學了，和我一起回埼玉吧！一切都準備就緒了，接下來只要等阿貫點頭說『好』就行了～」

「咦，要、要我別念……大學？」

我沒有發現這位從頭到腳一身白衣的女性，與白天遇見的女性是同一人……要說原因的話，就是她突如其來的表明決心讓我嚇了一跳。

「噢，我真是的，太開心了還沒問候各位，真是失禮了。」

女性手忙腳亂地整理服裝，迅速站起身。

「各位好，我叫慈照寺小百合。是這位鹿苑寺貫之先生的——」

下一句比別念大學等內容更有威力的話，完全蓋過了白天的記憶。

「未婚妻。」

高聲宣告後，留在現場的人包括一臉茫然的我、志野亞貴與奈奈子。加上睜大眼睛愣住的貫之，以及露出滿臉笑容大方站在原地，名叫小百合的女性。

「…………啊？」

不知道是誰開的口，但這句不算嘆氣也不算回答的話，說明了現場讓人一頭霧水的情況。應該吧。

開始製作美少女遊戲的當天，竟然會捲入像極了美少女遊戲，簡直不可能的情境中——

這究竟是吉兆還是凶兆，連我也無從判斷。

第二章　我們心情困惑

貫之突然多了個未婚妻。

名叫慈照寺小百合，兩人是青梅竹馬，雙方父母同意下，似乎已經訂下終身。可是貫之好像不太能接受這段關係，不知如何是好之際，對方主動不請自來。

她的目的是與貫之交往，找到機會就逮住他回老家。可是關鍵的貫之本人絲毫沒有這種打算，現在屬於「正在攻略」的狀態，似乎是。

剛才這段話含有諸多推測，因為貫之幾乎不肯開口。小百合小姐也一直糾纏貫之不放，唯一的方法只有從顯示兩人關係的臺詞拼湊真相。雖然就算聽到這些事，我也無可奈何……

總而言之，小百合小姐可能長期在哪間旅館下榻。自從她突然出現後，會經常前來共享住宅，一口一個「阿貫」與貫之卿卿我我……

「……我說，可以給我一個解釋嗎？」

貫之以平穩卻陰沉的聲音開口。

提到冬天就想到吃火鍋。不會花太多錢，美味又營養，在這間共享住宅中，每週吃三次火鍋已經成了習慣。

所以像今天這種嚴寒的年尾，最適合吃火鍋了。對於最愛吃火鍋的共享住宅成員，照理說是開心的時刻。

結果貫之的表情扭曲，而且太陽穴青筋跳動。

「為什麼連小百合姊都理所當然地一起吃火鍋啊？」

原因在於緊緊依偎在貫之身旁，笑容不絕的小百合小姐。

「欸～有什麼關係嘛。我只是想和阿貫一起吃飯而已。」

「有關係，話說怎麼連你們都大開綠燈了啊！」

被貫之對準槍口的我們，

「呃，這個……她說想和我們一起吃。」

「不理人家也過意不去……對吧？」

「也讓人家多出了一點材料錢呢～」

異口同聲地回答「我們也很為難啊」。

「原來早就被收買了啊……」

貫之失落地垂頭喪氣。

「哎……每天為了不熟悉的工作從早忙到晚，結果忙完了又來這一招。難道沒有地方能讓我放鬆了嗎……」

見到貫之愁眉苦臉，

「阿貫……我真的這麼妨礙你嗎……？」

小百合小姐淚眼汪汪地詢問。

「沒、沒啦……其實沒有那麼嚴重，就是程度的問題。」

貫之慌忙否定後，小百合小姐突然變得表情開朗，

「太好了，我還以為阿貫討厭我呢♪來，大家吃吧～」

巧妙地以公筷挑選火鍋料後，將香菇送到貫之的嘴邊，

「來，嘴巴張開～♪」

「別這樣啦！」

「欸，以前不是經常餵你嗎～啊，對喔，要我幫你吹涼嗎？」

「要、要是真這麼做的話，我絕對不吃！」

包含我在內的所有其他成員，都停下筷子目睹兩人至今的互動。

原來貫之有這種關係的女性對象，這件事當然讓我們驚訝。但是更勁爆的是，像貫之這麼頑固又冷淡的男人竟然被玩弄於股掌，這可是平常看不到的珍貴畫面。

兩人甜蜜的互動，似乎也對女性陣容產生影響，

「恭也同學。」

志野亞貴以手邊的筷子夾起蒟蒻絲，

「來。」

悄悄送到我的嘴邊。

「來什麼啊，呃，志野亞貴？」

「來。」

啊，我如果不吃的話，她會一直餵到我吃吧。

與其說難為情，在這種場合做這種事情好像不太好。可是當面拒絕她也太不近人情。

猶豫到最後，

「啊嗚……嗯。」

我還是吃了。

「好吃嗎？」

「噢，嗯……好吃。」

「太好了～願意告訴我的話，我再幫你多夾一點。」

志野亞貴彷彿準備萬全，筷子已經在待命。

「…………………」

然後。

另一名女生露出冰冷的眼神盯著我。

「……奈奈子，為何這樣瞪我啊？」

「哪有。啊。恭也，幫我拿那道小菜好嗎？」

「噢，好。」

總之先設法逃離志野亞貴的沉默壓力，我將注意力轉到奈奈子身上。

可是，

「恭也，來～」

奈奈子並未將小菜夾到小碟子，而是直接送到我的嘴邊。

「……妳要做什麼啊。」

「來，嘴巴張開～」

「…………」

居然在這種地方較起勁了喔！

當然，志野亞貴目睹著這一幕。雖然她面無表情，卻也沒有露出笑容。而是緊～～～～緊盯著我們。

可是當著滿臉笑容注視我的奈奈子面前，我也不好意思叫她別這樣。畢竟我剛才已經回應志野亞貴的「嘴巴張開～」了。

……確保公平，一人一次吧。

「啊姆……」

我一口吃下奈奈子夾給我的小菜。

「呵呵～好吃嗎？」

奈奈子有些得意地表示，隨即偷瞄了一眼志野亞貴。

「……………嗯。」

可能受到當面挑釁，連志野亞貴都露出有些發怒的表情，

「恭也同學，來，嘴巴張開～」

這次明確地將火鍋料夾給我。

「恭也，這邊，嘴巴張開～」

奈奈子同樣從另一側遞過筷子。

「可以了啦！」

眼看完全陷入循環，我半強硬地逃離「嘴巴張開～」攻勢。

（志野亞貴也算了，奈奈子是怎麼回事啊，對抗意識嗎……？）

之前奈奈子會調侃我與志野亞貴在一起。但總覺得從某個時間點開始，她會對我板起臉孔，或是像這次一樣有些強勢地介入。

抛開成見思考的話，答案的選項其實不多。

（……怎麼可能呢。）

以前奈奈子從未有這種舉止，我也從未露出這種態度。

就算我再怎麼遲鈍，為了這點小事情就以為奈奈子對我有意思，也未免太自我意

識過剩了。

應該是我和志野亞貴當著他人面前放太多閃光彈，類似提醒的舉動吧。總覺得兩人的接觸好像太多了。

（還是小心一點好了……話說貫之怎麼樣了，哇。）

我面前的貫之兩眼無神，已經被「呼～呼～」然後「嘴巴張開～」強迫餵食了好幾次。

「你好像很開心嘛，恭也……」

「其實不開心啦，不過貫之你似乎真的很難受……」

兩名男性在不明白彼此的情況下，嘆了一口氣。

理論上在一般人眼中是讓人羨慕不已的場景，但我們始終嘗不出火鍋料的滋味，反而還累得要死。

◇

即使出現突如其來的訪客，遊戲製作其實早已開始。

首先要了解遊戲的架構，學會如何使用開發工具。

畢竟不論志野亞貴與奈奈子，連關鍵的貫之對這種遊戲都形同外行人。所以我想在製作之前讓他們完整了解內容，並在製作過程中掌握提示與訣竅。

「哇啊————！搞不懂啦！什麼跟什麼啊！」

這天從一大早，突然從貫之的房間傳出苦悶的大喊。

「怎麼了，貫之？」

敲門後我打開一瞧，只見他手中依然抓著滑鼠，回頭望向我。

「喂，恭也……教教我吧。」

「這次又怎麼了？」

「這、這些女人明明毫無原因與事由，可是遊戲一開始就已經喜歡我了耶！」

畫面上顯示著我借給貫之的校園系遊戲。

是我針對撰寫劇本，給他玩當作參考用的。

「還有啊，劇情中她們來到家裡，我直接一點滑鼠……結果她們卻突然開始脫衣服！」

貫之抓了抓頭，

「哪有這種女人啊！很奇怪吧！我到底該怎模思考這種女人的心情或行動原理啊！」

深深嘆了一口氣，深到彷彿要鑽進地板。

「聽我說，貫之。我知道你想說什麼，但是有情色場景的美少女遊戲，都有這種類似老套橋段的部分啦。」

我嘗試勸說他，

「那、那她又是怎麼回事！每一句臺詞的結尾都加了一個『妞』耶！這個『妞』是怎麼回事啊！一個人到底有什麼主義主張與人生經歷，才會在每一句話結尾加上『妞』啊！」

「就、就算有也沒關係啊！為了展現角色的個性，這是必要的……應該是。」

結果說出口才發現，要肯定「妞」的用途好像的確有點嚴苛。

「唔、唔唔……知道了。既然恭也你這麼說，就是這樣吧……」

貫之再度面向畫面，點下滑鼠繼續。

「阿巧，班會的工作辛苦了妞！」

那個『妞』以極為甜美的萌聲從畫面發出。

「嗚哇！還是不行啦！」

「忍耐啊，貫之！接下來在音樂教室的對白，可是這款遊戲首屈一指的名場景……」

這時候，從後方傳來開門的聲音。

「阿貫！你還在玩遊戲嗎？」

回頭一瞧，是大剌剌站在門口的慈照寺小百合小姐。

「小、小百合姊！我目前正在做一些工作，等一下再……噗哇！」
小百合小姐不由分說，壓在貫之的身上。
「比起玩那些遊戲，不如和我在一起嘛～～呵呵。」
我茫然注視兩人的互動後，
「……嗯，恭也先生？」
「是、是的。」
小百合小姐突然向我開口。
「我想您應該知道……不要妨礙我們喔？」
「我明白！」
「喂、喂，恭也！什麼叫你明白啊！快從小百合姊的手中救我嗚哇啊啊！」
我靜靜關上門，「哎」一聲嘆了口氣。
如果這種事情一直持續下去，貫之也無法集中精神工作吧。
「製作時間已經很短了，得想辦法下劃下底線才行……」
可是貫之也不像是那麼無情的人，而我也不敢態度太強硬。所以目前只得靜觀其變，同時注意今後的動向……也就是類似綏靖政策。
「奈奈子，我進去囉。」
接著我敲了敲奈奈子的房門。

「好～……」

從房間內傳來無精打采的回應。

「打擾了……哇，怎麼回事，好暗！」

房間內關了電燈，一片漆黑。

「因為我想集中一下精神……結果完全沒辦法。」

只有電腦和螢幕亮著，映照出奈奈子毫無精神的表情。

「呃，這個……如何？可以用這套器材製作音樂嗎？」

面對我的問題，奈奈子哭喪著臉，

「嗚哇～聽我說，恭也！」

「什、什麼？」

「這個程式啊，怎麼排列的全都是棒子呢。我實在不明白這要怎麼變成音樂……」

我一瞧，只見畫面上排列著無數長短各異的棒棒。

是混音程式的工作畫面。

「我以為是……更簡明易懂的東西。只要彈奏鍵盤就會嗶嗶剎剎地響，錄音之後再合成，類似這樣的。」

……其實她說得也沒錯。

「因為剛開始使用，我明白妳會困惑，但只要習慣後肯定會很方便。好嗎？」

「好、好吧……我知道了。既然恭也這麼說，肯定就是這樣吧……」

她似乎接受了。

「不過距離理解為止可能得花一段時間。沒問題嗎，明明沒什麼時間了。」

「放心吧。我還是希望由奈奈子妳來負責。」

「……是嗎，既然你這麼說，我就試著認真努力吧。」

奈奈子咧嘴一笑，豎起小小的拇指。她的表情既天真又可愛，讓我突然有點想摸摸她的頭。

「嗯，好。我期待妳的成果。」

前幾天吃火鍋時，奈奈子的模樣還留在我的腦海中。

我當時下的結論是，那是在提醒我不要放閃。可是她對我露出這樣的笑容，還是會讓我心跳加速。

「恭也。」

「嗯，什麼事？」

「稍微……幫我打氣吧。為了接下來努力工作。」

「……咦。」

我的心臟還在怦怦直跳。

幫她打氣，要怎麼打啊。是靠言詞，還是行動呢。

「呃，說要打氣，怎麼打。」

雖然我說出口，奈奈子卻沒有回答。

她默默地盯著面前的螢幕，同時喀噠喀噠點著滑鼠。

（哇，這、這該怎麼辦啊。）

如果我和她正在交往，或是不久之前的話，這種場景下我會期待接吻或緊緊抱住她。

但是理所當然，我和奈奈子不是這種關係。

（……試試看剛才想到的方法吧。）

將直率的感受化為行動，有時候反而是正確答案。

我如此心想，

「好乖好乖……好孩子，加油喔。」

然後摸摸奈奈子的頭。

或許這不是最好的方法，但我認為這個回答還可以。接觸部分不多，也不含性元素，以距離而言又不會太遠。

啊，可是被討厭的對象摸頭的話，不是會造成最差的印象嗎。不過奈奈子對我的印象應該沒有差到必須小心這種事……

「呣……」

奈奈子僅說出這句話，

然後突然抓住我的手腕，使勁拉到自己的身體前。

「怎麼了嗎……哇、哇。」

然後突然摟住我的背後。

「奈、奈奈……啊、啊啊……！」

我說不出話。

房間陰暗，空氣有些冰涼。彼此身體緊貼，傳來奈奈子噴的香水香氣與身體的溫暖。還有背上直接感受到柔軟的隆起x2。

「讓我用這種方式充電一段時間。」

「好、好低……」

奈奈子說的「一段時間」，我感覺相當長。實際上或許非常久。奈奈子的呼氣碰到我的背，感覺逐漸變熱。每一次呼氣都彷彿發出甜美的「嗯……」或「哈」的聲音。

奈奈子的呼吸聲不斷響起。由於她的臉直接貼著我的背，連她吸氣的聲音都聽得見。

（拜、拜託，奈奈子，這……）

我在腦中已經結合了各式各樣的要素。包括她之前說過的話、行動、表情與聲音。

「……好，結束！」

這時候，奈奈子的手才終於放開我的身體。我無法立刻回到原本的世界，搖搖晃晃站起來。

「謝謝，我恢復精神了，就靠這樣加油吧！」

奈奈子對我露出笑容，但是笑容中略為散發出「怎麼樣，哼！」的征服感。

「哈、哈哈，那就……好。」

我露出疲憊不堪的神情，腳步踉蹌地離開奈奈子的房間。

（剛、剛剛剛剛才是怎麼回事啊……！）

她剛才的行動已經不能用牽制、提醒之類的對抗意識來解釋了。

這是第二次被奈奈子抱住。上一次是在學園祭開始前，準備工作幾乎完畢。

當時奈奈子抱完後，曾開口辯解過。所以最後相安無事。

但這一次顯然不是這樣。好像還是對我的行為表達不滿的方式。

「啊……好柔軟……而且好香……」

我心中的二十八歲大叔探出頭來。其實他剛才也差點跑出來，但我拚命將他按下去。

而且和上次不一樣，這次是在家中。況且算是兩人獨處（雖然牆壁很薄，嚴格來說不算），幸好沒出什麼亂子。

可是下一次，如果奈奈子再主動採取行動的話。

以及一不小心，她對我示好的話。

「……總之，現在先別去想吧。」

要想的事情太多，快要爆炸了。我決定先搖搖頭，然後走上二樓。

一樓那兩位有很多首次接觸的部分，似乎陷入苦戰中。

「不過兩人具備的才能都很驚人呢……」

沒錯，只要入了門，之後他們肯定會創作出優秀的作品。

「志野亞貴，我進去囉。」

我敲了敲她的房門，聽到「好呀～」的回答後進入房間內。

志野亞貴的房間和奈奈子不一樣，十分明亮。

「這個人的畫技真好呢。塗色也十分巧妙。」

她看著顯示在畫面上的ＣＧ，打從心底表示佩服。

對於從以前就畫過數位插圖的她而言，這次的工作應該很容易理解。因此純論一開始的適應性而言，顯然比另外兩人高。

但當然也會出現順不順手的問題。所以我讓她看一遍樣本遊戲的ＣＧ模式，學習色調等方面的技術。

「如何?這種感覺的色調，憑妳的技術畫得出來嗎?」

「好像是以路徑繪製線稿，這一點是瓶頸。我一直都是掃描鉛筆的線條。」

的確，這時候的主流還是追蹤主線的路徑。

包含線條在內完全數位化，應該是之後幾年的趨勢。

「不過我會試試看。能嘗試不一樣的工作似乎很有趣。」

「是嗎，那就拜託妳了。」

還好志野亞貴的好奇心十分旺盛。有些人只要一改變做法，就完全不知道該怎麼畫，但她似乎先產生了「想學學看」的熱情。

目前繪畫的元素已經站在起跑線了。接下來最重要的，是想辦法支援貫之。

(再去他房間看看吧……)

如果他們做出什麼不可告人之事，就根本無法接近他的房間了。

我從畫面轉過頭去，正如此心想時，

「恭也同學，這是什麼場景啊?」

志野亞貴突然開口一問。

「我看看……哇、哇咧。」

仔細一瞧，居然是男主角的視角，女主角容貌特寫的場景。

男主角露出下半身，將自己的〇〇湊近女主角的嘴邊。

志野亞貴肯定純粹基於興趣與學習才會問我。話雖如此，我如果直接說出來的話，美好幻想的破滅肯定比剛才告訴奈奈子時還嚴重。

「這、這是……情色場景。」

不敢坦率回答的我，說出模稜兩可的答案。

結果，

「不是這個意思，我是說她在做什麼？」

她居然進一步追問。

「呃，就、就是……她、她在含……男主角的東西。」

「哪個東西？」

志野亞貴，拜託妳自己發覺，我會如此裝傻是因為妳問的問題很不妙啦！

即使如此心想，志野亞貴依然津津有味地抬頭看著我。

只能至少以醫學名詞回答她了。

「哪個東西喔……呃，這叫……可……」

我即將清楚說第一個字的時候，

「唔……不實際待在那個位置就看不懂呢。」

志野亞貴居然，

「實際，待在……？」

說出驚天之語。

「恭也同學，可以坐在那裡一下嗎？」

「志、志野亞貴……妳究竟在說什麼？」

「別管了，坐下來。」

見到她不由分說的態度，我只好默默服從她的指示。

志野亞貴離開椅子後，

「我看看，像這樣湊近臉吧？」

手突然碰到我的大腿附近，臉貼近我的胯下。

「哇、哇啊啊啊！志野亞貴，妳在做什麼啊！」

「別亂動。」

志野亞貴仔細觀察我的大腿位置，以及胯下的情況，在手邊的素描本上畫畫。

「差不多這麼大吧。」

「什、什麼東西啊！」

「大腿啊。男性的大腿幾乎與女性的臉寬差不多吧。」

「啊……噢，對啦，大腿吧。」

一瞬間我想歪到小夥伴的大小。

另外我的小夥伴從剛才就已經呈現相當不妙的狀態。

（還好我今天穿的是牛仔褲，若是休閒褲的話我早就死了。）

目前毫無疑問已經鼓起，不過和其他褲子相比，看起來不是很明顯。

「這裡要稍微高一點吧。」

志野亞貴不假思索，以手按住敏感部位的一旁不遠處。

「嗚哇——！」

我實在忍不住大喊，坐在椅子上往後退。

「恭也同學，如果後退的話就不知道確實的大小囉？」

「呃，這個，是沒錯啦……」

「來，過來這邊。」

志野亞貴伸出手，導致我的下半身再度被拉到她面前。

「不、不要——」

我的聲音變得像純真女孩一樣。

「終、終於解脫了……」

由於志野亞貴突然要求我當姿勢模特，好不容易完成那個分鏡。其實也有工作繁忙等很普通的原因，不過我首先想到的是逃離剛才那種情況。

「她到底在想什麼啊。」

單純當作繪畫的參考……應該是吧。但她的行動也太刻意引人遐想了。

「難道她並沒有喜歡我嗎……」

我至今依然清晰記得碰到嘴脣的溫柔觸感。

可是志野亞貴如此缺乏自覺，我甚至會覺得那個吻該不會只是單純的身體接觸吧。

……反正和奈奈子一樣，現在想這些事情也無濟於事。

「好吧，去看看貫之的情況。」

離開志野亞貴的房間後，我來到一樓的同時。

「就說不行了啦，小百合姊！」

從房間衝出來的貫之，鞋子穿得還勾在腳上就急忙跑了出去。

「那傢伙，他剛才是不是拉鍊拉下了一半？」

也許是我多心了，但他剛才看起來……好像一邊繫好皮帶、拉起拉鍊的同時外出。

「欸～等一下嘛～阿貫！」

然後一臉笑咪咪，充滿包容力笑容的小百合小姐，雙手可愛地晃動緊追在後頭。

「……難道是小百合小姐主動……？」

考慮貫之的喊叫與情況，以及小百合小姐說的話，這種可能性很高。

如果相信前兩天貫之說的話，那麼他應該還是處男，可是。

「他們倆到底是什麼關係啊。」

宛如美少女遊戲般發生的事件，就像典型的美少女遊戲一樣，謎團更加難解。

貫之順利回來繼續工作時，我聯絡罫子學姊報告進度。

「哈哈哈哈，原來大家都正在苦戰哪。」

罫子學姊還是一樣，小女孩的外表卻發出老奶奶的笑聲表達開心。

「已經沒什麼時間了，卻連我都十分迷茫……所以感到很不安。」

我說出自己的真心話，

「你應該知道，這項企劃的核心人物可是你啊。如果你不能顧好大家，最後會無法收拾喔。」

「是這樣嗎……」

「沒錯。不過正因為覺得你辦得到，偶也才會點頭答應啊。」

憑你就做得到。

這句話既如同魔法咒語，聽起來卻也很可怕。

「一切都看你怎麼做，總之加油吧。」

留下這句話後，罫子學姊便掛掉電話。

只有我才辦得到。雖然聽起來很恐怖，但當下的情況的確如此。

「……也對，這一次我真的得加油才行。」

學姊掛掉電話後，我在原地抬頭仰望天空，鼓起幹勁。

就這樣，遊戲製作正式開始。不過這條道路似乎還很遙遠，大家目前還在入口的部分掙扎。

◇

大藝大不愧是綜合藝術大學，存在相當多的學科。

因此有些學科很容易到畢業都老死不相往來。畢業後即使知道是同一所學校，似乎也會因為不同學科而聊不起來。

不知道是不是這個原因，一些其他學科的專門課程會嘗試開放選修名額。其中像是工藝學科的陶藝或美術學科的油畫課程由於很稀奇，有不少其他學科的學生參加。

「欸，恭也同學……」

現在，志野亞貴面前放著典型的製陶轉盤。

「嗯？」

「製陶轉盤……不停轉來轉去，盯著看就覺得好想睡覺……呼啊～」

隨著打呵欠，眼看志野亞貴的臉即將朝轉盤栽下去。

「哇，危險啦，志野亞貴！」

我急忙在志野亞貴的臉衝進泥巴地獄前拉住。

「呼……差一點就睡著了呢。」

「什麼差一點，剛才已經睡著了吧。」

在我暫時放心，視線轉移到手邊的瞬間。

「嗚哇、噗哇啊啊！」

這次從反方向響徹清晰的尖叫聲。

「奈、奈奈子？」

「剛、剛才睡著了……嗚哇～」

臉被泥巴染成褐色的奈奈子，哭喪著臉看我。

「來，用毛巾擦擦臉吧……拜託，貫之！」

隔著一個人的貫之，正利用製陶轉盤製作類似香腸般的細長物體。他的眼神渙散，彷彿一隻腳已經踏進了夢鄉。

「啊……？怎麼了，恭也？」

「還問我怎麼了，這什麼啊！要製作的不是棒子，而是壺吧，你在搞什麼啊。」

「嗯……這個嗎……？」

貫之一臉茫然的表情，盯著直挺挺的棒子。

「噢，這的確不是壺呢……」

不行了，他的認知能力已經完全被睡意打亂。

「恭也，這果然讓人……很想睡覺呢……」

「哇～志野亞貴，臉不能再向前傾啦！奈奈子也是，那不是毛巾而是抹布！貫之也快醒醒，老師露出很可怕的表情在瞪你！」

我一邊提醒北山團隊的成員，同時發現除了老師以外，還有一人露出可怕表情瞪著我們。

「啊……」

是長髮紮在後方，表情犀利的美女。

和我同樣從映像學科一起來上課的河瀨川英子。

她的手邊已經做好了一個漂亮的壺，

（下課後借一步說話。）

僅以視線對我示意後，便迅速離開教室。

（……她會對我說什麼呢。）

在內心慘叫的同時，我著手完成自己的壺。

◇

「你們到底在搞什麼鬼啊！」

在咖啡廳面對面坐下的瞬間，她的怒火立刻爆發。

「不論一般課程與專門課程，不是在睡覺就是打瞌睡，幾乎都沒有認真上課嘛！」

的確，北山團隊並非從今天才開始上課中打瞌睡。

除了河瀨川指責的剛才那堂課。還有昨天拍攝電影的講座上，除了我以外的三人都在夢周公，實在羞於見人。

「抱歉，這是有原因的。」

「什麼原因啊。」

我早就心想，無論如何都要找她談一談。

今年春天升上二年級後，就要開始拍攝正式的敘事電影。由於需要更專門的知識，當初認為知識豐富的她會成為團隊的中心。

我們目前正為了這個目標而上課。可是又不分晝夜忙著製作遊戲，才會睡得東倒西歪。

因此有沒有她的支持，會對今後的製作方向產生很大的差異。

「……好吧。雖然不知道解決方法，但這件事似乎的確得優先解決。」

只要好好解釋就能接受，是河瀨川最大的優點。

「既然是你想出的主意，多半已經嘗試過其他所有手段了吧？」

「嗯，是的。」

「知道了。那如果你們目前有什麼計畫，我會幫助你們。」

然後輕輕嘆了一口氣，

「畢竟自身的事情也就罷了，父母的問題實在愛莫能助。」

也察覺到貫之的苦衷。

「那麼關於課堂……」

目前暫定請河瀨川幫我們複習課堂上的內容。

我拜託她讓我看看之前的課堂筆記。不愧是河瀨川，上課內容以整然有序的文字密密麻麻地記載下來。

總之課堂的問題，可以暫時放心……吧。

「除此之外，還有一件事情要拜託妳。」

「還有啊？」

關於要拜託她的這件事情，其實帶有幾分賭注。

可是我之前就認為，考慮到她之前的作品與特性，她是相當有趣的人選。

「開頭動畫是什麼意思啊。」

「是指遊戲一開始播放，顯示標題或製作人員的影像部分。還會在促銷活動上當作預告片播放。」

「哦，原來遊戲還有這種奇怪的規格啊。」

我以帶來的筆電讓她看神日社製作的動畫。不論現在或以前，提到美少女遊戲的開頭動畫就會想到他，是赫赫有名的創作者。

「……相當正式呢。」

「當然，我不會要求妳做出這種等級的動畫。這是為了讓妳知道結構內容是什麼樣。」

熱心學習的河瀨川在每一個分鏡都反覆播放又暫停，同時在手邊的筆記本不斷寫筆記。

「原來如此，用關鍵影格管理並活動角色的靜止圖片與物件，活用文字動畫的同時，配合音樂組成影片呢。」

「……嗯，應該是這樣沒錯。」

會念書的人就是這麼可怕……不過正因如此才幫得上忙。

「那你要幫我的忙。如果有橋場你的幫助，我倒是可以接受。」

「那當然！謝謝妳，真是幫了大忙。」

「還、還好啦……既然受到你的幫忙了。有什麼問題再找我商量吧，可別拖到為時已晚才來喔。」

河瀨川突然面紅耳赤地回答我。

「所以呢？製作遊戲還順利嗎。雖然憑你的能力，肯定十拿九穩吧。」

她對我露出理所當然的視線。

「噢，呃……還好啦。」

我難得有些含糊其辭。

◇

今天的體育課打排球。在冬季的天空下，大家身體邊發抖邊相互打白色的排球。不過當然沒有人認真打，都躲在球場外聊天。

「小百合姊住在老家隔壁，從幼稚園的時候就一直在一起。」

趁著休息片刻，我和火川打聽貫之的遭遇。

「小時候，即使父母和哥哥們都不理我，她也一直陪伴在我身邊。」

貫之提到小百合小姐的語氣非常溫柔。光是這一點就能清楚得知他對她有什麼感覺。

「在我懂事之前她就一直陪在我身邊，我一直以為她是真正的姊姊。結果念小學時，她說我們沒有血緣關係，讓我嚇了一大跳。」

「哇塞，這種像是美少女遊戲的故事居然真的存在喔，饒不了你！」

火川充滿煩惱地吶喊。

「又沒發生過什麼，現在也沒怎麼樣啊。」

貫之本人興致索然地回答。

他看起來並非在掩飾，兩人的關係可能真的清白吧。至少在身體方面。

「不過……她是妳的未婚妻吧？」

「是父母擅自決定的啦。蠢爆了。」

貫之的老家，川越地區有兩家名門，鹿苑寺家與慈照寺家。

一般來說，會發生類似羅密歐與茱麗葉的兩家鬥爭，相愛的兩人因為家族恩怨而遭到拆散……理論上有可能發生這種事。

不過這兩家從以前關係就很好，雙方很自然地論及婚嫁。

「我並不討厭她，但也並未喜歡她。可是我如果採取這種行動，對小百合姊過意不去吧？所以我才會逃跑。」

貫之嘆了一口氣抓抓頭。

「但是我喜歡小百合姊這個人，想避免赤裸裸地傷害她。所以我真的很煩惱，到底該怎麼做。」

看在旁觀者眼中，那麼可愛，還這麼寵自己的大姊姊居然是未婚妻，到底上輩子上了多少香啊。

不過貫之自己的煩惱應該也不少，尤其是與老家有關。

「哎呀，如果我有這麼好的大姊姊，早就不管三七二十一，先向她撒嬌了呢！」

火川似乎打從心底羨慕，一拍貫之的背。

「拜託，事不關己就說這種風涼話──」

貫之站起身來，話剛說到一半，

「喂，危險……」

伴隨呼喊聲，排球從比賽中的球場來勢洶洶地飛過來。

「咕哇！」

『啪嘰』一聲的同時，排球砸到貫之的臉。

「喂、喂，貫之，沒事吧！」

排球滾落的一旁，貫之呈現大字型仰躺在地上。

只見他的視線在空中游移不定，同時深深嘆了一口氣，

「我真是悽慘啊……」

嘴裡嘀咕。

「呃～所以我希望明年的目標是，一定要用正當的手段招攬新社員！」

美術研究會大致上有慣例的會議。雖然訂在每個月最後一周的星期五，傍晚五點開始，可是參加率非常低。

◇

十二月的議題，是討論新學年招攬新社員與方法。

「這個，今年裝死作戰奏效，成功獲得兩位寶貴的社員。明年也已經想好了祕招，進一步拉攏社員……」

他真的以為那種草率的戰術奏效了嗎。應該說，他明年還想當大六啊。

「所以柿原！杉本！來開作戰會議！」

「好、好的。」

「沒問題！」

高年級生氣勢十足地回答後，躲在社辦後方開始討論。

「好。這一次要進一步派女性社員使出美人計。」

「學長，要是這麼說的話，女生會叫男生一起下海喔？」

「還是用那一招吧，在社辦不斷烤肉，用香味引人上鉤！」

當然，內容聽得一清二楚，而且似乎不太正經。

「不好意思，樋山學姊。桐生學長明年……」

我詢問在志野亞貴加入社團之前的唯一女性社員，工藝學科的樋山學姊。

「噢，似乎可以畢業，但好像會以助手的身分留在研究室。所以也會繼續參加社團。」

……有必要為了留在社團而犧牲這麼大嗎？

該不會他有很強烈的責任感，或是更加深層的原因。

「因為他說這樣可以再看新生女孩五年左右，所以我狠狠巴了他的頭一下。」

結果原因不僅無聊，還蠢到爆炸。

「反正明年多半也找不到新的女生社員吧。」

「可是不是有祕招嗎……」

「那種等級的戰術可是連橋場學弟都要主動跳坑耶？你覺得女生會因此加入嗎？」

可以下重注賭不會有女生加入。

「如果那男人懂得什麼叫計畫，當初辦女僕咖啡廳也會稍微像樣一點。」

「也對。」

「雖然不太爽，但讓他拍照片，他倒是拍得很認真。會獲得錄用成為助手，也是因為他有實力吧。」

樋山學姊一臉苦笑。

「哦……」

……噢，對喔。之前我沒仔細觀察，所以一直沒發現。

（或許樋山學姊喜歡桐生學長。）

大學社團內總會有這種故事，或許兩人也是這種關係吧，我仔細地思索。

「咦？話說志野亞貴妹妹今天沒來嗎？」

突然望向我的桐生學長，左顧右盼後開口問我。

「嗯，她有點累，睡著了。」

「怎麼個累法，是阿橋會很累的激烈哇撲……」

樋山學姊瞬間抓起紙黏土塞進他嘴裡。

「逆、逆奏身麼啦哄山妹！」

他似乎想說『妳做什麼啦，樋山妹！』應該是。

「因為感覺到你要說無聊的黃段子，好好反省一下。」

「吼啦……」

看來似乎說中了，桐生學長乖乖回去開作戰會議。

樋山學姊「呼～」一聲吁了口氣，

「……話說，橋場學弟。」

「嗯？」

「實際上究竟如何。有進展嗎？」

「咦，這個，呃……」

見到我明顯形跡可疑，樋山學姊哈哈大笑。

「哦，看來有發生什麼呢。厲害喔。」

「還、還好啦……」

雖然不知道那樣算不算進展，但是距離的確縮短了一點……或許吧。

當然，我不知道志野亞貴心裡到底怎麼想。

（實際上……究竟該怎麼算呢。）

其實我也想找機會和她談談。

但是目前最重要的是製作進度。所以其他事情得盡可能延後才行……

◇

大學開始放寒假，校園內幾乎不見學生蹤影。幾乎都回老家了，不過阮囊羞澀的學生都看準機會忙著打工。

附近的學生公寓與宿舍，我見到有學生在房間裡玩剛發售的ＰＳ３玩得火熱朝天。電視臺接二連三實現無線數位化，對我而言已經很熟悉的十六比九畫面也逐漸出現在電視上。

其中在我們居住的分享住宅內，今天依然樸實地製作在八百X六百像素的畫面內活動的各種內容。

「恭也……拜託你檢查一下。」

「噢，好……」

我從幾乎是爬出房間的貫之手中接過筆電。

之後好不容易理解「美少女遊戲文法」的貫之，利用精湛的筆力挑戰遊戲劇本的製作。

不過要立刻寫出不熟悉的作品又是另一個問題。我已經退了他三次稿，導致他必須重寫劇本。

這一次是第四次……

（哦，這次好多了。）

臺詞不僅變多，敘述文也描寫得很自然，讀起來十分順暢。

一開始的稿子臺詞少得離譜，敘述文還特別多。而且詩句成分偏高，所以大幅調整過。

這樣應該可以順利導入遊戲內。

「…………嗯，不錯。就照這樣下去吧！」

我一回答的瞬間，貫之的臉上便浮現放心的表情。

「呼～太好了。這樣可以暫時睡一……下。」

然後貫之直接啪噠一聲倒在房門口，發出入睡的鼻息聲。

「好，這樣應該可以開始製作……了吧。」

角色一覽已經完成，也向志野亞貴訂製草稿了。

接下來要以序盤的劇情為基礎，製作背景CG的指定，向山科學長訂製。等志野亞貴的畫完工後，為了將內容編寫遊戲內，還得找罫子學姊商量。接下來總監的後臺作業將會變得特別多。

「奈奈子，進度如何？」

一進入奈奈子的房間，見到還是和以前一樣有些陰暗，戴著耳機的她正默默地工作。

「啊，恭也，我現在正好在測試BGM。」

說著，奈奈子以滑鼠點下畫面上的預覽鍵。

從喇叭中傳出雖然單調，但姑且可以稱之為「曲子」的鋼琴旋律。

「哦，這是奈奈子妳創作的嗎？」

「嗯，總之我先理解了聲音怎麼配置，所以測試了一番。」

或許聽在正職的作曲家耳中非常幼稚，但在我這個外行人聽起來，倒是有模有樣。

（真不愧是N@NA，很快就學會怎麼使用了。）

我隱約記得，採訪N@NA的報導內容中提到。起先對數位音樂煞費苦心，不過一旦記住就著迷於數位音樂的樂趣，之後便嘗試上傳試唱看看影片。

即使我並非看準這一點，但既然知道奈奈子就是N@NA，就打算藉機讓她接觸DTM（Desktop Music）環境。當然，我沒想到機會這麼快就來臨。

「雖然還有不明白的功能，但總之先做幾首曲子，同時逐漸記住使用方法吧。」

我向奈奈子訂製的BGM，依照製作難易等級分為好幾個階段。我的目標是透過要求，讓她在製作過程中逐漸記住使用方法。

「是嗎，那就拜託妳繼續囉。」

「嗯，現在非常開心呢！」

似乎終於熬過痛苦的初期階段，奈奈子回答我後微微一笑。

太好了，如此一來工作的熱情應該會提升。

（奈奈子這邊OK……接下來換這邊了。）

我走上二樓，敲敲門後進入房間。

相較於順利進展的奈奈子，志野亞貴似乎正陷入煩惱。

「唔～唔……」

只見志野亞貴一直對著螢幕低頭，手始終沒有動靜。

「志野亞貴，如何？」

我走進向她開口後，志野亞貴才「呼～」一聲深深吁了口氣。

「還是不太順利……很難掌握平衡呢。」

「唔，這樣啊……」

目前志野亞貴面對的煩惱，是角色的頭身比例。

她原本繪製的人體頭身比例較偏真實。可是這次設想的角色是以五點五頭身為基礎。因為以平均值而言，玩家比較接受這樣的頭身組合。

「我試著畫了幾張，恭也同學能幫我看看嗎？」

我點點頭後，志野亞貴便開啟幾張圖片檔案讓我看。

「……原來如此。」

畫成草稿的五點五頭身角色們，的確給人一種不搭調的印象。

其實我早就知道不對勁的原因，是眼睛。因為眼睛的大小與位置，會造成整體印象跟著改變。

（可是也沒有糟糕到不能看，其實這樣已經不錯了。）

在這個時代，志野亞貴的圖原本也相當高水準。她也很快學會了路徑填色，最後的封裝也無可挑剔。

如果進一步要求調整平衡，個性追求完美的志野亞貴多半會再要求幾天時間。可是這個時間點如果不開始正式製作立繪，會更嚴重壓迫整體進度。

「不，我覺得很好。其實這樣就好了。」

「欸，真的嗎？」

志野亞貴略為驚訝，再度看了一遍自己的圖。然後依然維持驚訝表情回頭看我。

「眼睛和整體的平衡的確有點不合適，但是我認為反而可以營造特點。實際上，即使是活躍在商業界的作家，也有人的作品帶有這種反差。」

「唔……但那不是經過計算後刻意為之嗎？」

可能聽起來像詭辯，志野亞貴也再度確認。

「或許也有這種人吧。可是同樣有作家自然地帶有反差，這不算什麼問題。」

我引導志野亞貴，以免引起她的不安。

我並沒有撒謊。其實圖沒有必要畫得特別好。反而是帶有某些缺點，也會受到玩家的喜愛。

何況現在優先順序已經固定了。現在先讓她以目前的平衡感統一畫風，下次有機會再統一也可以。畢竟也有不少繪師會逐漸調整。

志野亞貴露出思考的模樣。

她的手一度鬆開筆，放在腿上，然後，

「我一直相信恭也同學。」

表情認真地看著我的臉。

「拍攝映像的功課，以及奈奈子唱歌時，恭也同學一直很認真，穩健引導我們所有人。不論是告訴我，或是告訴大家的話，全都力量十足。可是……」

她仔細盯著畫面，

「剛才這番話，總覺得有點勉強自己……是我多心了嗎？」

聽得我心臟大聲地噗通一跳，

「這……」

我無法立刻回答她，是她想太多了。

對於志野亞貴的圖，我之前一直毫不保留地說出心裡話。正因為她也知道這一點，我想她才會相信我。

可是現在，她已經開始對我感到不安。這也難怪，一直以為與自己有相同基準的人，如果開始劃出與自己不一樣的基準線，沒覺得不安才奇怪。更何況是創作者。

可是……我還是無法開口。

為了集團創作，今後還會需要這種判斷。

如果審視角度始終與插畫師相同，以身為總監的專業意識來看，會引發負面效應。

這是有必要的。

「……是妳多心了。我是看了整體，仔細判斷後才告訴妳的。」

我沒有說謊。這不是在欺騙她。

因為有時候必須放寬審視的角度。

如果我現在的語氣缺乏自信，會對製作造成負擔。

加上如果允許浪費時間，就會對貫之，以及奈奈子做出相同的讓步。

所以這樣就足夠了。

「是嗎……這樣就好了吧。」

志野亞貴依然略為思考，但是不久，

「嗯，我知道了。這是恭也同學說的嘛。我也試著以此為基準繪製。」

說完，她很有精神地朝我舉起畫筆。

「謝謝你。那麼事不宜遲，來討論立繪吧。」

「嗯。」

我取出事先準備好的指定書，開始與志野亞貴討論。

雖然時間所剩無幾，但我會想辦法搞定。

只要我努力，就能引導大家完成。

內心化為鬼……總監就應該這樣。

第三章　我們持續迷惘

很少有人會造訪加納美早紀的研究室。

問題不在於她本人的個性嚴苛，或是嘴巴壞得與外表有天壤之別。其實她相當受到學生愛戴，校內校外的交流都十分充實。

原因在於她太忙了。每一堂課之間的時間肯定在寫些東西，有空的時候會盡量運用在學生面談上。面談時會使用教室，所以研究室沒有人，就算回去也會再度抓起資料匆匆出門。由於她愈忙碌時看起來愈開心，身邊的人也不好意思勸她「稍微休息一下吧」。

因此平時沒有人會來到她的研究室。雖然頂多只有橋場恭也經常跑來。

「……好久不見了。是不是這樣說比較好？」

今天她難得挪開午後的面談，也要迎接訪客。

「也對，已經三年沒有像這樣見面了吧。」

訪客咯咯一笑。笑容顯得不太優雅。

不知道該說苦笑還是挖苦。並非打從心底感到有趣地笑，從訪客身上散發出嘲笑當下境遇般的氣氛。

「所以呢？今天有什麼事？總不會閒閒沒事跑來吧？」

加納的語氣有些嚴肅。

「是來向妳報告的……目前正一如預定進行。由於正發生在妳目力所及的範圍之外，我心想先提醒妳一聲比較好。」

女性訪客湊近咖啡杯喝了一口，

「好燙，什麼啊，根本就是熱水嘛。」

「我不喜歡溫的，之前不是說過了嗎。」

說著，加納從自己的杯子裡啜飲熱咖啡。

「不過妳對待學生卻似乎不冷不熱呢。」

「什麼意思？」

「就是可愛的妹妹啊。目前的確免於遭受孤立，可是卻也不算與身邊的同學打成一片。」

女性訪客「呼～」一聲吹涼咖啡後，略為啜飲了一口液體。

「好苦。」

和對方的容貌同樣露出苦澀表情的加納，

「……依靠他，應該也能熬過去吧。」

「因為妳自己不想干涉，也無能為力？」

「妳要這麼說也無妨。老實說……我很害怕。」

「我沒有責備妳的意思，畢竟我也感到害怕。」

女性訪客凝視面前的咖啡杯。

冒著熱氣的咖啡液面晃動。視線緊盯著美麗的黑色液體，就彷彿即將被吸入其中。

加納喜歡咖啡的原因，除了滋味與香氣以外，也包括顏色。紅茶可以透視另一端，而她並不喜歡看見杯底。她希望杯中有個到哪裡都看不見的異世界。

杯中潛伏著世界。即使是現在，同樣緩緩地晃動著。

「……只擔心一件事，他還不成熟。如果將各種事情塞給他，肯定會發生不好的結果。」

聽到加納這番話，女性訪客笑了笑。

「是妳太多心了。最重要的是，這個時間點由他們組成團隊是有正面意義的，希望他能掌握主導權。」

「可是……」

「完全別出手干涉，讓事情順其自然，對妳也比較方便吧？對不對，河瀨川美早紀小姐。」

加納沉默不語。她完全沒有能力抗辯。

「……那我回去了。」

女性訪客迅速起身，直接離去。結果她的咖啡僅在一開始喝了一口。

「結果就這樣留下來了呢。」

不知道在指稱什麼，這句話幾乎是加納擠出來的。

◇

二〇〇六年即將結束。有聖誕節前夕這個繽紛的日子，我和女孩一起上街購物。許多情侶來到南邊的天王寺鬧區。我和她並肩走在持續進行都更工程的商店街中。

……這麼寫的話，或許看起來很幸福。

「CD－R與墨水匣，還有什麼？」

「嗯，可以的話還想要幾張紙。」

「那就順便去美術用品店吧。」

但其實什麼也沒有。我只是和志野亞貴一起出門，採購遊戲製作過程中缺少的物品。

我們平淡單調地購物時，另一方面街上已經充滿了聖誕節商戰的商品。十一月出的ＰＳ３以及剛出的Ｗｅｅ遊戲，在專賣店的店面進行大規模上市。

「是聖誕節吧。玩具和遊戲都努力地促銷呢。」

「因為知名遊戲機剛剛推出啊。」

像這樣走在街上會發現，十年後有些東西一成不變，有些東西則產生翻天覆地的變化。遊戲機的變遷屬於後者。

（十年後又要再度改朝換代呢……）

ＰＳ出到４，Ｗｅｅ也會換代，新機種ＺＸ引發一陣話題。

我感慨良多地注視店面時，冷風從正面穿越人行道灌了過來。

「呀……」

面對迎面而來的風勢，志野亞貴冷得閉起眼睛。

等到風勢停歇的同時，她對雙手呼氣。

「好冷喔。福岡雖然也很冷，這裡同樣不遑多讓。」

「九州給人溫暖的印象，但福岡並非如此呢。」

「嗯，還會下雪呢。不過還是得習慣啊。」

冷得臉頰略為泛紅的志野亞貴，真的非常可愛。

只有指尖從尺寸比體格略長的外套袖口探出頭來。

（這麼萌的袖口，可不多見呢……）

如此可愛的光景，我不時會偷瞄幾眼。

「抱歉由我陪你喔，恭也同學。」

「沒關係，我一個人也實在提不起勁。」

畢竟四周充滿聖誕節的氣氛。獨自走在其中採購必須用品，看起來實在太可憐了。

「志野亞貴能陪我來，真的太好了。」

「那就好……」

志野亞貴露出有些不安的表情，

「有我陪，真的好嗎？」

突然問了我這個問題。

「呃，這個，我是真的這麼想的……」

為什麼要問這個問題呢，我如此心想的同時，發現她可能在和誰做比較。

「抱歉問了奇怪的問題喔。」

「不會，別在意。」

即使嘴上回答，但我的心中已經相當不安。

不只從奈奈子，居然從志野亞貴口中也聽到這番話。

年尾的這件小插曲讓我感到不太平靜。

◇

過了年就進入二〇〇七年。這一年，正式啟動的 niconico 動畫知名度急遽上升。隨著那位偶像般的角色登場，Vocaloid 的相關話題也迅速爆紅。

「話說回來，這是北山團隊第一次過年吧？」

大年初一早上，步行前往附近神社的途中，奈奈子隨口一問。

「一開始是四月入學啊，應該是吧。」

貫之掰手指計算月份。

「已經過了這麼久啦。」

呼出白氣的同時，志野亞貴也感慨良多地開口。

我以為已經過了很長一段時間，不過再次想想後發現，其實見面還不到一年。但是因為不斷發生許多事件，才發展成如此相互理解的關係，應該吧。

「真的，發生好多事情呢。」

目前進行到一半的事件，正好宛如總結發生過大小事的這一年。只要能導向好結局，這一年就能以良好的形式結束。

「對了貫之，小百合小姐呢？」

「我留了假的留言出門，應該暫時不會穿幫。」

貫之的生活也變得愈來愈像間諜了呢……

不久我們抵達神社，所有人一同參拜。

還有不少在地居民也來拜，回程還得撥開人群走到外面。

「天哪，這麼多人啊。」

奈奈子嘆了一口氣回過頭。

「恭也同學許了什麼願望？」

走在一旁的志野亞貴問我。

「當然是完成遊戲，並且賣得出去啊。」

這件事情比任何事都重要。

只要這件事情能穩健地實現，我們的共同生活與創作的日子就能再度迎接新的一年。

「也為了大家……能不能賣得掉啊。」

貫之喃喃嘀咕。

他自己也感受到責任。所以我才希望目標成真。

「也為了一反常態，會為他人著想的貫之呢～嘻嘻～」

「啊對了，配音人員，開頭曲的印象草稿如果完成了，等一下給我檔案。」

「之前不是告訴過你，不要叫我配音人員嗎！」

他們倆總是這麼熱鬧。

不過剛才那句話，奈奈子似乎是看準了才說的。貫之看起來真的很累的時候，這種調侃她會收斂一些。

貫之壞心眼地嘻嘻一笑，

「我可是很期待開頭曲喔。畢竟妳忍住了原本想和恭也一起參加的聖誕夜咕喔！」

「你在亂說什麼啦！」

奈奈子揮舞的手提包狠狠命中了貫之的腹部部分。

她本人則睜大了眼睛，面紅耳赤。

「咦，奈奈子，是這樣的嗎……？」

前幾天的聖誕夜，其實有問過奈奈子要不要來，但她忙於製作來不了。

即使我們回去後問候她，她也顯得特別沒精神。

「噢……呃……這、這個……」

奈奈子直接不回答，沉默不語。

等於我說中了。

（……呃，該怎麼反應呢。）

若是之前的奈奈子，肯定會揮舞雙手「沒有啦，是這個笨蛋亂說的，真的沒有！」如此急忙否定著。

「沒有啦，啊哈、哈哈……」

總之我也只能隨口一笑。

「奈奈子要是一起來就好了呢。」

志野亞貴則一如平常，僅面露悠哉的笑容開口。

◇

然後到了一月二日。

過年我一大早就出門。聽說參加完Comima的罫子學姊假日加班趕工，幫忙寫好了開頭部分的程式，我要去找她拿光碟。

早已在日本橋的咖啡廳等候的罫子學姊，迅速將不織布包裹的光碟遞給我，

「包含標題畫面，還有一些附錄吧。已經確認能執行了，只要換個程式碼，應該連本篇的文本都可以測試啦。」

實在太感激了。這樣我就能一邊看著實際顯示的文本，向大家下達指示。

「所以說……有什麼感觸嗎？」

罫子學姊咧嘴一笑，

「嗯，偶覺得不錯。讓大家看看吧。」

「好的，非常感謝學姊！」

我開心地回答，並且低頭道謝。

討論了一下進度相關的話題後，我立刻踏上歸途。因為我想盡早讓大家見識可以運作的內容。

一回到南河內，我就召集所有人到客廳來。

「好，那就啟動遊戲樣本的光碟吧。」

聚集在客廳的三人也同時反應。

「哦，真的假的！現在給我看看，快點！」

「畫的畫究竟會如何呈現呢～」

「唔……聲音究竟適不適合，我有點不放心呢。」

看著三人期待與不安交織的模樣，同時我將CD－R放進筆電，複製檔案。

不久後檔案複製完畢，我從資料夾開啟執行檔。

「噢噢噢……！」

所有人發出歡呼聲。

純白畫面出現「怪誕蟲遊戲」的文字，然後淡入由山科學長拍攝的學校全景背景

CG。

接著是志野亞貴繪製的三名女主角，重疊顯示在背景上。

播放奈奈子首次作曲的BGM，此時出現標題圖案。

當時四個字的標題席捲了業界。我以貫之撰寫的故事與構想套用關鍵字，決定標題後向罫子學姊認識的設計師訂製。

《春日天空》，這是我們製作的遊戲採用的標題。

「光看這一段的話，看起來非常正式耶……」

貫之手扠胸前，不斷點頭。

「真的變成遊戲了。好像在做夢一樣。」

志野亞貴也不斷眨眼睛，同時盯著畫面。

「……總覺得在這個時間點，有一點感動耶。」

奈奈子似乎對實際化為遊戲運作相當驚訝，緊緊盯著標題畫面。我非常明白她的心情。

如果大家光顧著製作素材，有時候會搞不清楚自己究竟在做什麼。所以像這樣見到實際運作的範本，是維持熱情的有效方法。應該是。

「那就試玩序章部分看看。」

「咦，這已經可以遊玩了嗎？」

奈奈子發出更為驚訝的聲音。

「當然！」

回答後，我從標題畫面點選「ＳＴＡＲＴ」的字樣。

由貫之撰寫的序章文本出現在視窗內。

「其實只寫到第一個場景中途。」

角色的臺詞也尚未錄製，所以臺詞部分也沒有聲音。

不過遊戲運作得有模有樣，大家已經十分感激。

「怎樣，貫之？遊戲運作起來就像這樣……」

我詢問從中途就一直手扠胸前的貫之關於序盤的感想。

貫之依舊不改姿勢，

「……嗯，這個啊，肯定不會做差的嘛……我會加油的。」

冷淡地回答後，隨即直接回到房間。

「什麼嘛，稍微感動一下也好啊～」

雖然奈奈子嘟起臉頰抗議，但他本人可能也不好意思。

自己寫的文章變成遊戲，是一種酥麻發癢的神祕體驗。

「好，那就回去工作吧。」

我開口後，大家便各自回到自己的崗位上。

「啊，訪客人數又增加了……」

準備更新網站的我啟動瀏覽器，打開解析頁面後發現這項事實。從年尾就一直持續以萬為單位的訪客人數，可以看出有多受期待。

◇

「大牌社團的矚目度果然不一樣……」

去年年尾開設的網站上，一口氣公開了《春日天空》的情報。

在大型新聞網站上藉由速報介紹為契機，受到其他新聞網站引用，情報一口氣向外傳播。匿名留言板也出現個別討論串，對製作人的猜測等討論也一下子傳開。

在圈內人之間，絕大多數人似乎推測是已經出道的從業人員化名。

「很少有人相信宣發說的，真的是新人作品嗎？」

網站上清楚寫明了「由新人製作的熱情作品」。可是理所當然，大家都認為自己想相信的情報是真相。

再次知道網路的可怕後，反過來說對我們也有利。

既然玩家猜測是從業人員製作的遊戲，代表玩家願意期待高品質的遊戲。

「話雖如此……」

目前完成的文本、插圖與BGM，品質是很可靠，數量卻完全補不上。

如果一月不追上進度，二三月的趕工期間會非常辛苦。尤其二月還有一個不利條件，就是比普通月份短了兩～三天。

「差不多得重新發動引擎了。」

今天讓大家看遊戲畫面，也有打氣的用意。

接下來必須定期拿出進度才行……！

◇

可是。

「欸～阿貫，工作也很重要沒錯，但我們一起偷個懶嘛……好嗎？」

還有一個人重新發動了另一種意義上的引擎。

過完年後小百合小姐不知道有什麼打算，居然穿上裸露度較高的服裝，試圖挑逗貫之。

今天她穿了一件半透明的上衣，底下直接穿著蕾絲內衣。打扮得相當養眼，即使刻意不看都會映入眼簾。

「小、小百合姊，拜託饒了我，現在別穿成這樣啦……我正好在撰寫這方面的場景，讓人很眼饞耶……」

似乎連貫之都受不了她的挑逗，費盡苦心避免正眼看小百合小姐，

「欸，阿貫正在寫這麼香豔的場景嗎？讓我看一下～」

「哇，不行啦！不要唸，別鬧了！」

「我看看，『**秋山同學，我……我的這裡已經變成這樣了……嗯，所以別再挑逗人家了，快摸嘛……**』哇～原來阿貫在想這麼色的事情還寫出來嗎～？好厲害喔～！」

「哇～別唸了，拜託小百合姊，別唸了啦！」

連我都覺得貫之好可憐。劇本作家的一大忌諱，就是當著本人面前唸出他寫的情色文內容。小百合小姐不僅唸出來，還附加感想，已經算是犯罪了。

「嗯，那麼……你寫在這裡的內容，我就直接幫你來一遍吧？」

「……拜託千萬別這樣，這比妳唸出來還可怕。」

貫之的模樣看起來比他說的話更難受。

話說前來檢查劇本的我也在同一間房間。小百合小姐卻完全沒有理我，彷彿當我是擺設之類。

「呃，小百合小姐。」

其實我也不太想干涉他們，但是差不多該提醒一下了。

「哦，怎麼了嗎……？」

只要對象不是貫之，她馬上就變成文靜大小姐了呢。

「貫之在從事的……雖然不是工作，卻是很重要的創作。所以，可以避免進一步打擾……」

「……貫之先生。」

我話還沒說完，小百合小姐便望向貫之。

「難道我……在打擾你嗎……？」

她有些淚眼汪汪，聲音氣若游絲地哭訴。

「呃…………沒啦。」

貫之一瞬間即將開口，不久後還是閉上嘴，

「其、其實沒有打擾啦。抱歉，恭也。」

「呃，這……我才該道歉。」

由於氣氛愈來愈尷尬，我實在無法繼續開口。

「我離席一下。」

離開貫之的房間後，我嘆了一口氣。

走上樓梯的同時，我思考今後的事。

「該怎麼辦呢。」

其實我希望貫之盡可能分配時間用來寫劇本。藉由好好製作遊戲，提高他繼續就讀大學的可能性。

可是他也有他的複雜原因。

即使對小百合小姐沒有戀愛感情，她卻是孤獨的兒時一直陪伴貫之的重要對象。不管她怎麼妨礙工作，貫之也不敢冷漠以對。

可是我又不好意思叫小百合小姐別接近貫之。我甚至覺得她比貫之更加頑固。

「再靜觀其變一下，如果還是不行就嘗試認真告訴她吧……」

◇

結果這一天，貫之跑出去就一直沒回來。由於他帶著筆電，應該是在小百合小姐找不到的地方編寫劇本吧。

「哦，意思是貫之今天同樣受到小百合小姐的挑逗嗎？」

圍在一起吃晚飯的同時，奈奈子有些錯愕地表示。

「總覺得挑逗的方式愈來愈大膽了呢……」

在那種氣氛下挑逗，就算貫之對小百合小姐沒有戀愛感情，可能也會產生一點興趣吧。

「可是穿得那麼色情，實在不敢走在外面呢。」

大概是在浴室或車內換的衣服，但可能沒有想過萬一被別人看見怎麼辦。

不對，她如果會考慮的話，照理說根本不會出現在我面前。

「她的打扮真的有那麼惹火嗎？」

志野亞貴貌似有點感興趣地詢問。

「對呀，半透明呢。」

「該不會連恭也都有些心動吧～？」

奈奈子開玩笑地說。

「哈哈，小百合小姐很可愛，難免會有點……」

我話剛說到這裡。

突然發覺兩人的眼神明顯與剛才不一樣。

「盯～～～～～～～」

兩人半瞇著眼，而且眼神很明顯帶有責備之意。

「……妳們倆，怎麼了嗎。」

「沒有啊～」

「什麼事都沒有～」

「很明顯就是有嘛！」

但是兩人很有默契地不回答我。

（或許這下子糟糕了……）

我想起之前兩人距離縮得特別近的事情。

當時我還承受得住，但她們要是模仿小百合小姐，我的身體大概會受不了了……

（……再怎麼說也不至於吧。）

考慮到兩人的理智，我決定從腦海中刪除羞羞臉的妄想。

可是。

「……呃，這個，妳們兩人……」

當天的座位是面對被爐的我，右側是奈奈子，左側是志野亞貴。

被爐是很常見的家具，以四支桌腳為界，一人剛好坐一邊。

可是我坐的位置突然變窄了。很明顯感受到壓迫感。

「為什麼要突然擠到我身邊啊。」

兩人坐在我的身旁，彼此推著我的身體擠進被爐。

「哪有？不是你多心了嗎？」

「我覺得恭也同學想太多了。」

嘴上說的同時，奈奈子和志野亞貴都愈貼愈緊。

（拜託，果然有在想嘛！）

剛才兩人同時半瞇著眼睛，果然類似宣戰布告。

「妳們兩人，身體，呃。」

身體一緊貼，配合凹凸曲線，緊貼程度也會改變。

這裡問大家一個問題。女孩子的身體，哪個部位特別顯眼又突出呢。

（受不了，從剛才就一直，非常不妙……）

正好在我的雙手附近，每一分每一秒都碰到軟綿綿的物體。不用說，是志野亞貴與奈奈子的胸部。

緊貼的不只胸部而已。兩人的大腿在被爐內，同樣緊緊扣住了我的腳。即使隔著布料，但幾乎在相互擁抱的狀態下，讓我熱到頭暈眼花。

「恭也，怎麼了？不吃嗎？」

「要確實吃完喔？」

「拜託讓我好好吃頓飯吧……」

結果我當天根本無心吃晚飯……

◇

之後過沒多久，貫之也平安回來。大家一如往常回到工作中，應該可以繼續過平穩的日子吧……我放下心來。

三天後的晚上，我才發現這份放心其實是我誤會了。

「志野亞貴，我進去囉……？」

由於要確認ＣＧ進度，我準時敲了敲她的房門。

她本人一如往常回答，於是我一開門，

「哇，好熱！」

共享住宅的每一間房間都沒有空調。不過倒是擺了價格較為便宜的煤油暖爐。

現在是冬季嚴寒時期，我知道她會開暖氣，但是室內溫度顯然太高了。怎麼會這樣啊。

「話說志野亞貴，妳的打扮……！」

我不知道這算不算原因。但是志野亞貴上半身穿小背心，下半身則是熱褲，呈現盛夏的穿著。

「總覺得有點熱，所以我脫掉衣服了。」

「現在是隆冬耶。話說暖氣開小一點不就好了嗎？」

我以為自己的忠告是理所當然的，

「我聽不懂恭也同學你在說什麼喔。」

結果她露出不解的表情，這個話題到此打住。

「真是的……」

我決定不去思考她究竟在想什麼，現在先換個話題吧。

「那麼要檢查的ＣＧ呢……？」

「嗯，這一張與這一張……」

我一一確認顯示在畫面上的ＣＧ草稿。

一開始連畫在框內似乎都很困難的事件ＣＧ，志野亞貴現在已經習慣，並且能展現出自我風格的修飾。

檢查很順利地進行。其實這件工作並不複雜，我原本預計今天可以順利結束。

（……總會不經意地瞄到呢。）

志野亞貴的夏季打扮三不五時會映入眼簾，讓我不知道該往哪看。她每一次呼吸，分量十足的胸部就會上下起伏。小背心毫不保留地展現出她那形狀姣好的胸部，挑逗我心中的某種事物。

再加上不斷晃來晃去的光腳也很不得了。靈巧活動的腳尖，以及緊實的大腿每次一進入眼簾，就強調自己的存在。

「恭也同學……你有仔細看嗎？」

「有啦，真的有啦！」

志野亞貴在絕妙的時間點提醒我。

實際上，正好是我的目光被她的身體吸引的時刻，好險。

「呼，應該到此為止……吧。」

好不容易檢查完所有草稿。總覺得比平常疲勞好幾倍。

「辛苦啦，恭也同學。」

志野亞貴露出笑容，安慰我的疲勞後，

「還有，我想要姿勢的參考資料。」

說完，志野亞貴跳下椅子。

「姿勢？」

「這一次特殊的題材較多，所以沒什麼資料喔。」

她將手機交給我，

「由我來擺姿勢，恭也同學用手機幫我拍。」

「好是好……要拍什麼姿勢？」

「是這樣。」

然後操縱滑鼠，打開我給她的ＣＧ指定資料。

「這、這是……！」

上頭顯示背對畫面，雙手雙腳觸地的狀態，也就是俗稱的後背位ＣＧ。

「我看過不少資料，但始終畫不出有自我風格的構圖。」

志野亞貴迅速擺出與ＣＧ相同的姿勢。

然後僅以臉轉向我，

「你在做什麼呢？趕快拍啊。」

「噢……嗯，好。」

我舉起手機，讓志野亞貴出現在相框內。

她原本就裸露許多肌膚，姿勢更是無比煽情。

志野亞貴翹起屁股的照片，對我發動與原本目的不同意義上的直接攻勢。

（老實說，好想用我的手機拍……唔。）

拍了好幾張後，我發覺自己的位置下意識地不斷接近她。

「恭也同學，會不會太靠近啦？」

「呃，這……抱歉！」

而且也剛好被她抓包。

「不會，沒關係。要好好拍喔。」

「當、當然！」

我提醒自己這是在工作，同時繼續拍照。

（話說這張照片……）

這時候我發現一件事情。

我現在拍的照片，等一下要給志野亞貴當資料看。

就算這是必要資料，但她也會直接發現我究竟用什麼眼光看待她。

（這、這超級難為情的……）

……彷彿從我一進入房間，志野亞貴就已經安排了一切。不論她的打扮，或是個人攝影，難道一切都是為了讓我注意到志野亞貴嗎？

（總覺得志野亞貴逐漸意識到這方面了……）

我會流特別多汗，顯然不只是暖氣的原因。

◇

隔天，我在朵森打工。

「歡迎光臨……」

我會心不在焉，當然是因為昨天志野亞貴的攻勢。

哪怕隔著鏡頭，志野亞貴的煽情姿勢始終縈繞在我腦海中。

「欸，怎麼了嗎？你今天好像一直在發呆呢。」

終於連奈奈子都開口關心我了。

「沒、沒什麼啦，只是有點忙而已。」

「唔……」

奈奈子露出有些狐疑的態度盯著我。

「……恭也，你昨天是不是一直在志野亞貴的房間？」

「嗚欸?沒、沒有啦，只是在檢查ＣＧ而已！」

「……可是你離房間的時候，臉好像紅紅的。」

「是暖氣啦！志野亞貴的房間很熱！當時我不是也告訴過妳了嗎！」

「有說過嗎？」

「當然有！」

糟糕。這就是第六感嗎，奈奈子窮追不捨地問我的情況。她再繼續追問下去，我就要說溜嘴了，所以我決定改變話題。

「奈奈子，我差不多要去後面倉庫囉。」

「咦?有什麼商品必須補充嗎？」

「飲料，從剛才就找不到。」

這是實話。剛才由於體育會的學生買了大量飲料，因此需要補充運動飲料。

「啊，那我也要去。今天有三人值班，店長會幫忙顧收銀機。」

但是奈奈子似乎堅持要跟著我。

「沒、沒關係啦，我一個人就夠了。」

「別客氣嘛。兩個人一起搬比較快。」

結果我和奈奈子一同前往後方倉庫。

由於還存放了食品，堆放飲料的地方在冬天也十分冰涼。待太久身體會發冷，所以一般而言都迅速補充後回到店內。

「……我、我說啊，奈奈子。」

「什麼事？」

雖然不像昨天志野亞貴的房間那麼暖，但是現在的我包裹在溫暖中。

「拜託，能不能往旁邊靠一點啊。呃，身體碰到了。」

奈奈子站在我的身體後方。

其實這本來不足為奇。考慮到從更後面的紙箱取出飲料的人，以及放進飲料架上的人，這是很自然的分工合作。

可是現在……奈奈子的身體緊緊貼住我。

換句話說，她的胸部和腳等部位碰到了我的背。每碰到一次我就心跳加速，況且基本上距離很近，好幾次還差點碰到她的臉。

所以我希望她稍微站開一點。

「不要。」

但她以兩個字乾脆地拒絕了我。

「拜託，什麼意思啊。」

「就是不要。繼續搬吧。」

奈奈子不由分說回到工作上，我也無可奈何繼續補充。

果不其然，奈奈子的身體持續碰到我的身體。

有時候她還壓在我的身上，讓我懷疑她是不是故意的。

（啊……奈奈子的身體好柔軟。）

胸部和大腿都彈力適中又柔軟。不論我做什麼，都難免意識集中到那方面。

就在我大約七成思考被奈奈子的身體拉走的時候，

「以前也有過這種事情呢。」

奈奈子突然開口這麼說。

「嗯、對啊……」

那是剛開始打工後不久的事，和現在一樣在後方倉庫補充飲料。從我後方伸長身體的奈奈子，胸部碰到了好幾次彎下腰去的我背後。

我還記得當時注意力同樣集中在背後而心不在焉。不過奈奈子似乎沒有察覺碰到了我。

結果奈奈子一句話，

「……恭也，其實你早就發現當時我的胸部也碰到了你吧。」

打碎了我自作聰明的解釋。

「咦……？」

「那一次純屬偶然，恭也你也沒開口，所以我沒說，但我早就發現了。」

這、這是怎麼回事？

但是奈奈子沒有表示任何意見，代表她沒有討厭我。可是她卻更進一步，呃……

各種事情在我腦海中翻來覆去。像是學園祭之前她抱住我，或是從前幾天開始就和志野亞貴不斷對我表示微妙的情感。

不論我再怎麼遲鈍，照這樣看來，有可能導向一種結論。

宛如印證結論般，

「……今天則是我刻意的。」

奈奈子對我說出勁爆的一句話。

咦……？

不、不會吧……！

奈、奈奈子，剛才妳這句話，呃……

「我不會認輸的。」

我當然不可能問她對什麼認輸。因為答案我早就心知肚明。

奈奈子的身體進一步壓在我身上。

柔軟的胸部與身體的溫度，進一步向我強調。

「小暮，橋場，哪一個來櫃臺幫忙結帳。」

這時候響起店長的聲音。

我甚至有種從夢中一口氣被拉回現實的感覺。

「啊，來了！」

奈奈子活力十足地回答後，迅速離開我的身體。

「……那我過去囉。」

然後突然小聲在我耳邊開口。

隨即若無其事般，一如往常瀟灑地前往櫃臺。

「噢……好。」

等到奈奈子離去後，我才嘀咕著回答。

這不是單純與志野亞貴對抗的心態。

很明顯……應該帶有其他情感。

「現、現在還是先別想吧，嗯……」

遊戲製作即將進入關鍵期，老實說，現在可不該鬧出感情糾紛。

話雖如此，圍繞我的諸多事情已經發生驚人的變化，這也是事實。

「哎，拜託哪個人和我談談吧……」

與製作遊戲不一樣的部分，負擔變得愈來愈重了。

◇

「…………我說。」

在美術學科的教室內，河瀨川英子露出前所未見的焦躁表情。

「你是笨蛋嗎！為什麼這種事情要找我商量？」

「哇，對不起！」

我忍不住全力道歉。

可能聲音很大，其他學生與老師的目光都一同望向我們。

現在是選修的專門科目素描課，情況尬得讓我坐立難安。

「……我說啊，之前我的確說過。有困難就找我商量。」

在意四周的河瀨川悄聲開口。

「嗯……」

我也跟著壓低聲音回答。

「但我是指製作業務或是課程上的問題。結果卻偏偏聽到你個人的感情問題……」

口氣驚訝到極點的河瀨川訓了我一頓。

「當、當然覺得只告訴妳一個人不好意思，所以……」

「所以才找火川來嗎，你到底怎麼挑人的啊……」

河瀨川深深嘆了一口氣。

「嗯，我怎麼了嗎，河瀨川？」

「沒事，火川你繼續專心畫畫。」

「好！不過素描超難的耶！」

火川十分開心，以鉛筆一筆一筆描繪包在塑膠袋中的石像。

關於從前幾天持續到現在，我和兩名女性之間的諸多問題。獨自思考的我感到極限，於是決定找人談談。

話雖如此，告訴罫子學姊的話，她多半只會覺得有趣；老師則完全是局外人。桐生學長當然不可能，樋山學姊似乎忙著準備畢業節目……所以說。

「找北山製作團隊・改的成員商量，其實我還可以理解。」

雖然我們目前專注於遊戲製作，但是等到四月之後，會連同他們兩位一起開發新作。

「可是你知道自己在說非常難為情的事情吧。」

「那當然。」

毫無疑問，這種話題會讓人懷疑是我是國高中生。

而且在製作遊戲的現場鬧起感情糾紛，可是相當原始的內容。

河瀨川原本應該想討論更高層次的問題。她肯定很想說「趕快和其中一人結婚，或是拒絕兩人！」迅速結束這場討論。

「我想說的話早就確定了。」

「是的。」

「趕快決定要哪一個，或是兩個都拒絕，怎樣？」

「妳說的完全沒錯。」

就知道她會這麼說。換作是我，有人找我商量相同的問題，我應該也會說出類似的答案。

「話說連貫之都是這樣，總覺得橋場身邊經常發生類似美少女遊戲的劇情呢！」

……連我都覺得不可思議。

接連上演的劇情讓我懷疑自己受到美少女遊戲之神的眷顧。

「你……究竟喜歡哪一個？」

「咦？」

「咦什麼咦，志野亞貴和小暮奈奈子啊。我在問你究竟對誰有好感！」

真是單刀直入的問題……

老實說，這個問題我很難回答。學園祭的那次接觸後，我覺得我和志野亞貴的距離縮短了。可是之後我和她又並未迅速加深關係。關於奈奈子也是，超商那件事情之後，她也沒有當面對我說什麼。

我覺得兩人都很可愛，都是好女孩，卻也並未立刻產生強烈好感。所以現在才會煩惱。

換句話說，

「……雖然兩人都是好女孩，但我並沒有特別喜歡誰……」

結果河瀨川嘆了今天最深的一口氣，

「你和鹿苑寺兩個，真——的都是大混蛋。」

「對不起。」

再度聽到她這麼說，我發現自己根本沒資格責備貫之。

「其實我很清楚，身為總監立場的你現在根本無法採取行動。」

河瀨川口氣稍微緩和後，開口鼓勵我。

「不論要接受誰並拒絕另一方，都會造成摩擦，最重要的是有可能影響遊戲製作。所以維持現狀不斷逃避，專注在製作進度上是最好的方法……我說得沒錯吧？」

「是、是沒錯……」

她不愧早就看穿了一切。

「我覺得這樣很好。畢竟以你的立場也不得不這麼做。所以目前先假裝漠不關心吧。」

河瀨川告訴我，盡量避免營造兩人獨處的空間。還有即使對話流向明顯與感情有關，也不要太當真。

她們具體上究竟怎麼展開攻勢，實在太難為情了我不敢說……但她似乎早已看穿，我感到有點害怕。

「……還有，製作告一段落後要好好說個清楚。」

「是、是嗎？」

「廢話！你也考慮一下女孩子的心情吧！」

最後果然被她臭罵了一頓。

「知道了，謝謝妳。」

「哼，這種事情用不找你道謝……」

答謝後，我比兩人早一步交出已完成的作業，然後離開教室。

◇

「走掉了呢。」

「他的表情相當痛快呢，太好了，嗯！」

「我真的經常搞不懂，橋場究竟是優秀還是愚蠢……」

「我覺得他很優秀耶?沒有哪個同學像他一樣，這麼有行動力與判斷力。」

「……也對。這一點我也有同感。」

「不過話說啊，河瀨川妳雖然嘴巴毒，但還是很中意橋場吧!嗯!」

「…………啊?」

「嗯?怎麼了?」

「亂講——?誰、誰喜歡他了啊!你眼睛瞎到這種程度喔!火川，你哪隻眼睛看到我喜歡他了啊?根本沒看到吧!哪個怪人喜歡那種遲鈍的好好先生，對任何人都露出笑容的傢伙啊?這也太離譜了!」

「沒、沒啦，不是這樣!我不是這個意思，河瀨川。」

「那是怎樣!」

「我剛才說的意思是，視對方為朋友而中意他啦……妳不是對這種事情很嚴格嗎。像是工作態度啦，個性之類。」

「啊…………」

「所以我的意思是，妳認同橋場的實力吧……」

「原……原來……」

「哦，原來如此，河瀨川也是同一類嗎!那就和志野亞貴與奈奈子一樣都是情敵……好痛!妳幹麼突然踢我的腳……喂，河瀨川，妳要回去了嗎。拜託，喂!」

NO!!
NO!!

◇

我深刻認為，問題十分棘手。

一開始的影像作業，還好我有強行拉大家一把。最重要的是在大家走投無路下，營造出只要我開口，大家就會跟著我的情況。

奈奈子當時也是一樣。當時讓她擔任主演，稍微強行拉拔她，激發她的幹勁後就沒我的事了。她靠自己的判斷變強，還找到了可以長時間專心致志的事物。

可是這一次性質卻不一樣。我必須激發所有人的特性，同時整合所有人才行。而且相較於影像，幾乎在各領域都有許多未知的部分，光是摸索就很花時時間。

加上還有貫之的個人問題。他個人的資源受到分割也很嚴峻，但是「戀愛」問題更加嚴重。之前的北山製作團隊表面上不存在戀愛關係。所以可以專心製作，成果十分良好。

但其實大家早就發覺了，我們四人有男有女。和其他學生一樣，會發展戀愛關係，還會成為男女朋友。想不到或許貫之與小百合小姐讓大家具體見識到男女關係，才導致感情一發不可收拾。

……即使嘴上說得冠冕堂皇，但連我都無法理性對待一切。和志野亞貴或奈奈子這樣可愛的女孩在一起，我會很開心。光是碰觸或接近身體就心跳加速的情況，的確比以前多了。

連我也因為小百合小姐的登場，心境產生了變化。

「始終不順利呢……」

這本來是充分活用十年後經驗的機會。可是目前連我都陷入瓶頸，製作始終不順利。

「我說什麼洩氣話，明明還沒結束吧。」

沒錯，開發甚至還沒達到佳境。不如說現在才是勝負的關鍵。

穩健地管理製作過程，隨時注意行程表，推出形式完善的成果。如此一來遊戲大賣，也獲得良好評價，貫之就能毫無後顧之憂地念大學。所以──

「喂，橋場，你現在正要回去嗎？」

走到藝坡的底端時，身後傳來聲音。

「加納老師……！」

打過招呼後，我這才想起。由於沒有機會開口，所以還沒告訴老師我們在製作遊戲。

「呃，老師……其實……」

「噢，你要說同人遊戲的事吧？我已經聽罫子說過了。應該很辛苦吧，不過加油喔。」

對喔，記得老師和罫子學姊是熟識的朋友。

「是的，我會盡量不妨礙學業。」

「哈哈，特別是出席與功課要好好做啊。」

聽老師的語氣，應該也看出我一直拜託河瀨川幫忙了。

「所以如何？製作過程順利嗎？」

這個問題我現在不太想回答。

可是身分上，我又不能不開口。

「其實算不上順利……」

我依序向老師說明。大家不習慣製作過程，一開始就有人支援，以及準確地做出指定。

「所以我打算準確地管理作品，仔細調整逐漸完工的作品品質與交貨期限的關係。」

志野亞貴作畫的頭身問題如是，貫之撰寫的文風亦如是。要一邊考慮交貨期限，同時製作作品的話，認清要割捨的部分是很重要的。

「我會盡量要求大家聽我的話。想創作的作品往後再做就可以，現在最重要的是……」

我剛說到這裡，

「話說，橋場……」

老師突然插嘴。

「照這種做法，會不會從一開始就粉碎了大家想做的事情啊？」

……咦？真是出乎意料，我心想。正在拍攝綜合藝術電影的人，居然會要求重視自我。

其實我很清楚。太多企劃因為彼此強加自己的意見，導致一事無成而煙消雲散。所以我不斷學習到統合眾人，齊心協力有多麼重要。我甚至覺得自己會回到十年前，也是為了活用這一點。

「你明明很懂他們的才能，但該不會正在糟蹋這些才能吧？」

激發奈奈子的才能是我的功勞；我也教會了志野亞貴能賣錢的畫、受歡迎的畫界線在哪。至於貫之，我拚命思考過如何將以前一文不值的文章變得可以賣錢。為了完成作品，些許妥協是絕對必要的。

沒有時間做夢了，現在要認清現實。老師在開學的時候應該都這麼說過。

「可是啊……」

宛如制止還想繼續開口的老師，

「放心吧！一點問題也沒有，真的！」

我有點強勢地插嘴。

「我當然很器重大家的才能。正因為要活用才能，才會選擇遊戲這種媒體。能表現的地方我會盡量讓大家表現，這一點我當然明白。可是……」

說到這裡我吸了一口氣，

「不管怎麼說，這一次的目的都是為了貫之。大家都已經明白自己正朝這個目標努力，何況大家都成熟了嘛。」

「是、是嗎……我知道了。」

老師宛如讓步般支吾其詞，然後點了兩次頭。

「抱歉啊，老師不清楚情況卻還插嘴。」

「不會。」

在老師搭上公車時，僅回過頭一次，

「總之打起精神做吧，橋場。」

留下這句話後便離去。

公車上載著眾多學生，排氣管噴出大量廢氣的同時駛離。這一團像烏雲的廢氣彷彿在挑釁我。

「沒問題，只要我振作……就能完成。」

我在緊握的拳頭中使出足以感到疼痛的力氣。

「也為了貫之，我絕對會搞定。」

二月的寒風彷彿連體內都足以凍僵。但是這時候，我的身體充滿了幹勁散發的熱量。

◇

和我自身的決心相反，製作速度還是無法提升。

尤其貫之的情況特別嚴重。他原本就背負撰寫不熟悉劇本的不利條件，到了製作中期，這一點愈來愈明顯。

「唔……這裡的劇情好像有點太硬了。」

共通路線的尾聲，接下來要分歧至個別路線的劇情流向，明顯與序盤的風格不一樣。

「大家要一起炒熱社團活動的氣氛。劇情流向明明是和誰一起炒熱氣氛的分歧路線，可是之前的場景實在拖太久了。」

貫之回答我，

「……嗯，其實我也明白這一點。」

鍵盤打字的手暫時停下來，

「我實在不明白。男主角究竟要選誰不是很嚴肅的問題嗎。他們可是在社團待了長達兩年耶？這麼一來，如果不寫出這些往事或回憶，看劇情的玩家不就會猶豫該以什麼為根據嗎？」

其實我很明白。雖然明白……可是沒有這個必要啦，貫之。

這次製作的遊戲，最大的賣點是「以同人推出接近職業級的遊戲」。亦即高品質的ＣＧ與全語音，還有「最低限度的劇本」。

我當初追求的目標的確是大家聚在一起，製作夢想中的遊戲。可是這次有各式各樣的條件，而且製作期間已經嚴格限定。最重要的是追求「穩定地賣出去」。

正因如此，劇本愈快完成愈好。本作品劇本負責人對外的名字是「ＴＡＫＡＯ」。只有極少部分人知道這是貫之撰寫的劇本。所以內容沒必要極盡講究，只要看得下去就行。

「放心吧，一般來說，玩家在這個分歧點都是依照角色個性選擇的。關於這一點，在之前的階段已經搞定了。」

至於角色塑造，之前我已經明確要求他做到了。連貫之原本不擅長，強調萌屬性的角色都描寫得維妙維肖。

「唔～可是啊……」

可是貫之還是不太能教接受。

就在他準備進一步找理由的時候。

「阿貫！今天一定要一起回去喔～！」

一如往常，小百合小姐用力推開房門衝了進來。

「小百合姊，現在正好在討論重要的……哇噗。」

有如摀住貫之的嘴，小百合小姐將他的整個臉按在自己的胸口。

「呵呵，阿貫似乎有點疲勞了，今天就盡量對姊姊撒嬌吧～」

輕輕摸了摸貫之的頭後，貫之似乎也不再反抗，雙手直接無力地垂下。

「呵呵……恭也先生，有事情可以等一下再說嗎？」

然後她洋洋自得地看了我一眼。

……不管他們兩人關係多好，如果再不說清楚，會開始影響貫之的工作。剛才的討論也一樣，其實是兩星期前就該搞定的工作。

雖然有可能遭到兩人的嫌棄，但現在應該硬起來……

「呃……」

在我即將開口時，小百合小姐搶先一步。

「欸，阿貫。」

她的口氣彷彿在勸說貫之。

「老家的伯父和伯母都很擔心你呢。所以——」

她一說出這句話的瞬間，我心想……不妙。

貫之原本就經常口氣很衝。

不論對男性或女性，不管對方是誰，只要他不高興就會使勁頂撞對方。他的個性就是這麼強烈。

其中一提到老家，尤其是堅持己見的父親，他的情緒就特別激動，看在旁人眼中簡直是異常。就我所見，貫之至少有兩次因為這個話題發飆。

所以這個話題在他面前是禁忌。除了他從醫院回來的路上聽他說過以外，連我都盡可能不觸及這個話題。

所以小百合小姐提起這個話題時——我瞬間感到「危險」。

「老爸……他才不會說這種話。」

即使是貫之也不至於突然發脾氣。

可是回答卻和之前完全不一樣，完全不帶有任何情感。

「欸，怎麼會呢。伯父他肯定也想和阿貫聊聊的嘛。」

「怎麼可能。」

貫之浮現有些寂寞的笑容。

……這是貫之情感最冷淡的時候。

和同年級男性遊玩的時候，有人突然提起父親的話話題。

所有人都分別提到與父親的往事，但只有貫之笑著回答「哪有什麼往事」。

（和那時候一樣。）

當貫之的情感打從內心冷卻時，他反而會陪笑。

正巧就是現在這時候。

「阿貫……」

事已至此，似乎連小百合小姐都發現不對勁。

她的手離開貫之後，露出眼眶泛淚的表情。

無言的時間就此流逝。

大約過了五分鐘左右。

「……抱歉，小百合姊……」

貫之以嘶啞的聲音道歉。

說完便不再開口。

「不會，抱歉喔。」

不久後，小百合小姐也小聲道歉，

「……今天先失陪了，對不起。」

隨即離開房間。

奇妙的寂靜再度籠罩貫之的房間。

只有遊戲樣本的開朗日常ＢＧＭ，不斷以小音量在房間播放。

「……抱歉，已經寫不出劇本了，還發生這種事。」

「哎，這也無可奈何。」

這種事情畢竟無法立刻平息。正因為我心知肚明，以前才盡可能避免觸及。

可是貫之與小百合小姐之間的氣氛變得這麼尷尬，對他而言應該也很難受。當然小百合小姐同樣不希望這樣。

「總之，今天先好好休息。反正你肯定沒心情寫。」

「呃，可是……我的部分已經拖延了吧。」

「憑你現在的心情，不可能寫出快樂的場景吧。」

為了緩和他的心情，我露出笑容，

「之後我會想辦法的，總之你先休息。」

說完，我拍了拍他的肩膀。

「恭也……」

貫之也維持同樣的姿勢，低聲嘀咕。

「你真的很厲害。我很尊敬你呢。」

「說這什麼話呢。」

我對貫之的玩笑一笑置之。

◇

從這一天開始，小百合小姐就不再出現在共享住宅。

連之前天天報到的貫之房間都不見她的蹤影。

「不論電話或簡訊都沒回應。」

貫之也主動嘗試聯絡過一次，小百合小姐卻沒接。

「小百合小姐不來了嗎？」

志野亞貴擔心地開口。

「她是熱鬧又開朗的大姊姊，不來了就覺得有點寂寞呢。」

連奈奈子都顯得有些困惑。

「……反正這樣就能專心寫劇本了。」

貫之則有些寂寞地嘀咕。

老實說，這也是我的真心話。之前她總是三番兩次影響貫之寫劇本，光是她不再出現，效率應該會跟著提升。

雖然覺得她有點可憐，但如果能就此落幕的話……

如此樂觀地心想的我，在小百合小姐不見蹤影後正好一個星期的今天，遇上了小插曲。

「今天……奈奈子是調整開頭曲，貫之是個別路線的進度，志野亞貴則是檢查事件ＣＧ的色彩……」

從大學回住處的路上。我邊走邊確認當天的預定行程，這已經成為我每天的功課。雖然不太值得誇獎，但因為我在想事情，導致疏於注意前方。

所以，

「先從志野亞貴那邊開始檢……噢，哇！」

全黑的高級車突然停在我面前時，我忍不住一喊。

「不好意思，真是抱歉。」

黑車駕駛立刻下車，畢恭畢敬地致歉。

下車的男性魁梧得讓人吃驚，戴墨鏡穿西裝，散發出讓人有些膽寒的氣氛。

「哎、哎呀？記得你是……」

我記得這個人。是去年和罫子學姊一起去日本橋採購器材的時候。

高級車停下來，然後他走下車。緊接著——

在我想起這些事情時，車窗無聲無息地開啟。

「小百合，小姐……」

「橋場恭也先生，不好意思，能不能請您陪我一下？」

一旁名叫諸岡的駕駛，視線緊緊盯著我。好可怕。

……老實說我很想拒絕，但似乎容不得我不去。

◇

「真是漂亮的地方。」

「是、是啊。」

依照吩咐上車坐了一個小時。擔心自己活不成的我，被帶到大阪的南港來。

提到南港，這地方在黑幫電影等作品中可是以「做成消波塊」而出名。這裡的人煙稀少到讓我覺得，要是在這裡被做成消波塊，大概很難被人發現吧。

不過正如小百合小姐所說，夜景十分美麗。難道是類似臨死前的同情，讓我在死前看到漂亮的景色嗎。

呃，我由衷希望別被做成消波塊……

「呃……請問，找我有什麼事嗎？」

雖然試著開口，其實我早就知道了她的來意。

對小百合小姐而言，我是慫恿貫之做奇怪事情的壞人，也是阻止她帶貫之回埼玉老家的元凶。我在她眼裡應該是這種形象。

她當然不可能善待我這種人。雖然不至於在南港把我做成消波塊，但我最好做心理準備，以防她用貫之威脅我。

「這個……如果妳要用貫之威脅我，是沒有用的。我──」

我本來要說出「我不會屈服於任何人」這種好像受到囚禁的女騎士會說的話。不過女騎士倒是一下子就會屈服。

「您在說什麼呢？」

小百合小姐露出不解的表情。

「咦……不是要提到貫之的事情嗎？」

「是沒錯……但我從未想過要對您不利。」

這句話讓我稍微鬆了口氣。畢竟我剛才稍微思考過這種可能性。

「因為我有事情要告訴您。」

小百合小姐輕咳了一聲後，

「明天我要回去了。」

「咦。」

「看到你們的情況，然後和阿貫聊過後，我才明白。再這樣下去，他既不會回到我身邊，也不會回老家去吧。獨自一人思考後，我得到這樣的結論。」

所以這幾天她才沒來到共享住宅嗎。

「其實這些話應該告訴阿貫，可是又發生前幾天的事情……我也很難面對他。」

「所以才找我，而不是找貫之？」

小百合小姐點了點頭。

「最後有件事情，我想先確認一下。」

「確認？」

「貫之先生……阿貫總是提到您。說恭也很厲害，交給他肯定沒問題……」

原來他說過這些話啊。

「所以我想問問您。」

「……嗯。」

「阿貫和恭也先生……兩位是什麼關係呢？」

「……咦？」

「坦白說，有沒有上過……」

「我和他絕對沒有搞過基——！」

她突然胡說什麼啊！

「什麼啊，原來是這樣。看到兩位超乎尋常的信賴關係，我以為兩位已經負距離交流過了呢。」

……照理說她是普通人才對，難道所有女性都有這種思想嗎？

「總而言之，您深受阿貫的信賴。會一同行動也是因為這份信賴關係。」

雖然微弱，但她的眼神彷彿在瞪我。

我瞬間理解到，這是看待敵人的眼神。

「可是，我實在無法相信。您究竟是怎麼想的，才會和阿貫在一起呢。在得到答案之前……我沒辦法回去。」

小百合小姐往我接近一步。

「您應該已經聽說過了，他是鹿苑寺家的子嗣。只要回到老家，就能過穩定的人生。」

就我所知，應該是這樣。

他的老家是名門，在首都圈有幾間大醫院。存款肯定多到無所事事都能活得很滋潤。

「可是，阿貫和你們卻要選擇不穩定的道路。您能保證阿貫的人生嗎？這樣真的好嗎？」

這個問題很難回答。

這一行就如同加納老師所說，與安定的生活相去甚遠。收入也是一樣，只要押對寶就能賺大錢，但絕大多數人都槓龜。許多業界人士都過著喝西北風的生活。

我當然無法保證貫之往後會成功。所以我只能這樣告訴她。

「我沒有辦法保證。」

「我想也是。那拜託您好好勸勸阿貫……」

我打斷小百合小姐即將要說的話，繼續說下去。

「可是這條道路，是貫之自己選擇的。他心知肚明，然後選擇的道路。」

他逃離綁手綁腳的老家生活，選擇自己想走的道路。這條道路有多艱險，從反覆打工甚至弄壞身體就看得出來了。

他對待劇本比任何人都認真，筆直朝劇作的道路前進。

「——所以我才想為他加油。如果這樣他能獲得幸福，我願意祝福他這條道路。」

因為缺乏當下的生活費，或是付不出房租。我在十年後的世界已經見過好多充滿才華的人，明明只要一點錢就能熬過難關，卻籌不出錢而從業界消失。運氣也是才能，獲得機會同樣也是才能。雖然我心裡明白，可是見到因為微不足道的小事而放棄夢想的現場，真的很難受。

正因如此，這一次我絕對要說出口。盡一切努力。

「……是這樣的嗎。」

小百合小姐似乎無言以對。

她一直看著貫之。我想她一定知道貫之在老家不斷受苦，以及長時間不知道自己該怎麼走。

貫之本人的幸福。

如果這是她的願望，我認為這句話應該有效。

「……阿貫他現在幸福嗎？」

「有一點陷入危機。正因如此，我才要靠他寫的文章製作遊戲，來度過難關。」

「靠那種出現不知羞恥文章……的遊戲嗎？那種東西真的能賣錢嗎。」

看在普通人眼裡的確是這樣。

「或許在小百合小姐眼中是這樣，但我們在製作水準相當高的作品。而且我認為，肯定也會有許多人理解。」

「……您是真的這麼認為嗎？」

「是的。否則我從一開始就不會做了。」

剛才的話的確是虛張聲勢。可是我認為，這種場面下必須口氣堅決。

而我早就做好心理準備，說出這番話會讓我自己也背負重擔。

遠方傳來船隻的氣笛聲。彷彿看準開往九州的船隻啟航般，小百合小姐緩緩開口。

「……我知道了。」

剛才一直面無表情的她，終於稍微面露微笑。

「雖然我並非相信您說的話，但我明白您的熱情與決心了。」

「感謝您的理解。」

小百合小姐禮貌地深深一鞠躬，

「請讓阿貫……獲得幸福吧。」

宛如為弟弟送行的姊姊，將他的未來託付給我。

「……是的。為了貫之的未來，我會加油的。」

小百合小姐點點頭，

「那就再見了。我會偷偷地祈禱阿貫……以及您們獲得幸福。」

靜靜地坐上車，就這樣離去。

我在心中堅定地發誓。

不論發生什麼，都絕對要依照計畫完成遊戲。

而且留下確實的銷售成績。

只要遊戲暢銷，賺到錢，貫之就能支付學費。可以獲得通往未來的門票。

為了這個目標，我無論如何都必須完成遊戲才行。

「上吧……排除萬難搞定。」

之前差一點失去的些許意義與決心，已經充分滿足。

正確地引導他們吧。這樣應該能引導大家獲得幸福。

第四章　我們追求形體

二月中旬，社會上充滿情人節的氣氛中，我和兩名女性一同來到大阪市內。在旁人眼中，肯定會覺得我是坐享齊人之福的幸運兒。不過此次出行絕非約會。

「啊——糟糕糟糕糟糕糟糕好緊張好緊張好緊張。」

在近鐵南大阪線的電車內，奈奈子從剛才就全身抖個不停，變成嘴裡不停嘀咕的機器。

「不用那麼緊張啦。而且偶覺得學園祭演唱會才是更艱難的舞臺喔？」

罫子學姊試圖讓她放輕鬆，

「當、當時我非常拚命啊！現在則是好幾天前就已經知道了！」

結果似乎完全沒效，奈奈子持續發抖。

「光是突然要作曲就是大工程，作詞作曲後居然還得自己唱。恭也真——的是大虐待狂，如果當老公的話絕對會家暴。」

她甚至開始說出相當危險的內容。

「可是點頭同意的不也是奈奈子妳嗎。」

「唔～～～～拜託的方式明明讓人難以拒絕，真敢說～」

「是嗎？我只是說『想聽奈奈子的歌，不打算用其他人的曲子』而已耶？」

「……好強的甜言蜜語。真虧你講得出來耶，橋場學弟。」

罫子學姊開心地咯咯笑。

「這有什麼好笑的……萬一錄製失敗該怎麼辦……」

奈奈子始終心神不寧，反覆深呼吸。

今天是錄製《春日天空》主題曲的日子。

透過罫子學姊的人脈，決定在靠近南森町的錄音室錄製。所以我們從藝大所在的南河內搭電車前往。

第一次作詞，第一次作曲，第一次錄製，一切都是第一次。今天的主角奈奈子才會這麼緊張。

「哎……馬上就要到錄音室了……能不能就這樣前往其他世界啊。」

走出南森町站後不久，奈奈子終於說出了想逃到異世界的願望。

她就像夢遊症患者一樣步履蹣跚。

「好啦，公主，再不振作一點可要被錄音室的人嘲笑囉。」

實在看不下去的罫子學姊，拍了一下奈奈子的屁股。

「呀嗚，沒、沒錯……錄音室，錄音室有人呢……是專家呢……」

「看來沒救了……」

走在後面的我看到她的情況，不禁苦笑。

我注視著照樣邊走邊嘀咕的奈奈子，

「如果真的不行的話怎麼辦，要考慮改天再錄嗎？」

同時保險起見一問，結果罫子學姊一笑置之。

「安啦安啦，這樣的女孩到了關鍵時刻，反而會特別強呢。」

「唔……的確，我也有這種感覺。」

那場演唱會也是一樣，上臺前一刻還心神不寧。可是一旦開唱後，卻大大方方在舞臺上表演。

「不行了……從今天開始我就是被人嘲笑的搞笑歌手……還是個自以為了不起的女人……」

不過……

「看到她現在的模樣，實在很難想像是同一個人呢，真的。」

之前在舞臺上引發奇蹟的歌姬不停散布負面思考，同時晃晃悠悠地走著。

◇

「好，ＯＫ，奈奈子妹妹唱得不錯喔！」

「嘩——好痛快！可以再錄一次嗎？」

「沒問題，那就稍微增加一點情緒吧？」

「好的！」

活力十足回答後，奈奈子迅速戴上耳機準備。

「那就錄第四次，直接開始囉！」

接著播放前奏，不久後奈奈子高亢的歌聲響徹錄音室。

音響監督佩服地表示，

「罫子小姐真厲害，從哪裡找到這麼優秀的人才啊！」

「不錯吧？她可是偶們的祕密武器呢！」

罫子學姊也開心地表示，然後和我交頭接耳。

「看？之前是杞人憂天吧？」

「學姊說得沒錯呢。」

實際上才剛到錄音室，奈奈子就緊張地忘記自我介紹，打翻了裝水的杯子。想擦拭的時候又打翻裝糖果的盒子，一開始就多災多難。

不過一進入包廂稍微試音後，開始播放前奏的瞬間，奈奈子就開始唱起我和罫子學姊都聽得出神的歌聲。

接下來就是純粹地聆聽。

「ＯＫ！錄製的部分已經夠了，要不要稍微玩玩看？」

「不錯喔！那我稍微改變唱歌的方式！」

音響監督也十分起勁，配合奈奈子的歌聲。

一開始倒是有些不安，現在已經覺得她的才能有趣得不得了。

「開頭曲這樣應該ＯＫ了，結尾曲呢？」

「曲子會稍微長一點。純樂曲，沒有主唱。」

事前我也和罫子學姊確認過其他細節。包括最後編組使用者介面，確認並調整程式碼，以及訂製效果音並結合等。

這方面是我的拿手領域。活用十年後在業界打滾的經驗，這部分連我都很有幹勁。

「好呀，只剩下一點點了。到了最後一口氣的階段啦。」

我也點點頭，注視著奈奈子開心唱歌的身影。

◇

「辛苦啦，唱得真的很好喔，奈奈子。」

回程的電車上，我從旁慰勞累癱了的奈奈子。

「呼～～好累喔……不過非——常過癮呢！」

奈奈子一臉滿足，「唔～」一聲使勁伸長手腳。

錄製非常成功。音響監督甚至表示「下次務必舉辦以音樂為主體的企劃吧！」奈奈子似乎也獲得了許多自信。

「希望買遊戲的人能喜歡我的歌……」

話雖如此，她似乎還是有點害怕實際錄製歌曲。

「放心吧，連行家都聽得如此亢奮，玩家絕對會喜歡的。」

「噢，嗯～是嗎……」

唯有這一點，在遊戲完成前可能會成為擔憂的根源。

「啊，對了！」

奈奈子露出突然想起事情的表情，

「有東西要交給恭也你。」

然後窸窸窣窣從紙袋取出一個小包裹，

「這是巧克力。今天是情人節吧。」

「謝、謝謝。」

真是出乎意料啊。

我之前頂多只記得「今天好像是情人節」，不由得嚇了一跳。

巧克力放在漂亮的盒子內，外頭繫上色彩鮮豔的蝴蝶結。

（這……還真是難以判斷呢。）

到底是人情還是情人呢。

考慮從前幾天發生的各種事情，雖然有可能是真心的。

「哈哈，即使是人情，我也很高興。」

我不小心畏首畏尾地如此回答。

結果一開口就後悔了。

「…………」

奈奈子沒有回應我的話，視線低下去盯著腳下看。

（……這下糟糕了。）

我原本只想隨口岔開話題，怎麼會這樣。

結果短暫沉默瀰漫在我和奈奈子之間。

我什麼都說不出口，又是抓頭又是盯著盒子瞧，藉由無所事事的氣氛等待時間流逝。

如果電車立刻抵達目的地也就算了。很不巧電車才剛出發，距離喜志站少說還有三十分鐘以上。

我該怎麼開口才好呢……

開口道歉也怪怪的，在我煩惱究竟該說什麼時，

「話說，恭也。」

奈奈子主動開了口。

「嗯，什麼事？呃，奈奈子……」

然後。

坐在一旁的奈奈子，右手輕輕放在我的手上方。

「因為很難為情，不要看我這邊。」

「我、我知道了。」

奈奈子深深吸了一口氣後，

「這一次……遊戲製作完畢後，能不能稍微聊聊呢。」

「要聊什麼……」

「聊聊。」

她絲毫不肯透露究竟要聊什麼。

但即使遲鈍如我，也知道她究竟要問什麼。

或許奈奈子也很想在兩人獨處的場面中繼續說下去。可是遊戲目前還在製作中，她也理解我全副精神都放在製作上。

所以我心想，奈奈子可能為了我而緩一緩吧。

「……知道了，那就等塵埃落定後囉。」

「嗯，我等你。」

奈奈子呵呵一笑。對我露出溫柔的表情。雖然還帶有疲憊的神色，但她的笑容相當打動我的內心。

「不過啊，」

奈奈子突然擔憂地望向車窗方向。

「恭也在錄音之前，還有事情必須思考呢……」

「……嗯。」

沒錯，我還有一個煩惱的大問題。

◇

錄製結束後，我和奈奈子再度回到南河內。

一反活潑的錄製氣氛，回到共享住宅後現實已經等待多時。

「我們回來了……」

開門一瞧，只見志野亞貴獨自在客廳吃飯。

「咦？貫之沒有和妳在一起嗎？」

一問之下，志野亞貴搖了搖頭。

「他說還沒寫完，一直關在房間不出來。」

我和奈奈子面面相覷，嘆了一口氣。

「看來症狀很嚴重呢。」

「好像是……」

放下行李後，我望向貫之的房間。

房門依然緊閉，沒有打開迎接我們的跡象。

肯定是因為迫在眉睫吧。

「總之我稍後再試著找他。志野亞貴和奈奈子，妳們都回到自己的工作上。」

「嗯，我知道了。」

「希望貫之能順利寫出來。」

兩人都點點頭，然後回到各自的房間。

我一回到房間後，也立即啟動電腦。

從報告進度用的共用檔案夾複製劇本的文件檔，然後在桌面開啟。

「……進度果然很糟糕呢。」

整體進度落後，其中最急迫的是貫之的劇本。

由於小百合小姐回到老家，眼看速度一時之間跟著提升。可是撰寫不熟悉的內容本來就是拖延的原因，導致進度再度明顯落後。

這一次的遊戲，相較於限制在一百KB的共通路線，我要求個別路線稍微多寫一點。因為根據我的經驗，個別路線充實的遊戲，玩家的滿意度基本上都較高。

可是共通路線讓眾多女主角登場，日常對話較容易撰寫，劇情也較容易發展。相較之下撰寫戲劇性濃厚，登場人物也有限的個別路線，當然需要更多卡路里，也更耗時間。

其實我早就料到這一點，但沒想到會這麼棘手。

「奈奈子與志野亞貴的情況也說不上好……差不多該考慮看看了。」

檔案夾內落後的進度不只劇本而已。BGM與事件CG，全都處於勉強追上進度的情況。

整體情緒也停滯不前。自從小百合小姐不在後，志野亞貴與奈奈子也突然不再接近我了。原因多半是察覺到我現在沒有那方面的心情，以及她們的工作也不太順利。

關於這一點，可以透過製作的手段改善，可是工作效率並不會因此提升，所以我左右為難。

顯然已經逼近做出決定的時期。

「好……動手吧。」

我雙手一拍，然後開啟空白文件檔案。

以高效率為第一的計畫，之前我一直隱忍不發。為了實現計畫，我依照各個部分一一填入指示。

一切都以完成遊戲為目標。

◇

「咦，大致上依照指示製作就可以了嗎？」

奈奈子驚呼。

「嗯，當然不可以盜用其他作品的旋律，最多只能參考氣氛。」

我開啟當作樣本的ＢＧＭ，以及寫了大致進行方向的文件檔。

之前我對奈奈子提出的指定，始終只有透過文本。樣本曲幾乎都是「僅供參考」的等級。

可是眼看有幾首曲子無論如何都陷入苦戰，我才決定更加詳細地指示。

「或許很難要求奈奈子寫出完全原創的曲子……可是考慮到完成期限，我希望妳這樣做。可以吧？」

我一邊觀察她的反應一邊問，

「好呀，在形式上模仿似乎也很有意思，我完全沒問題。」

出乎意料，她一下子就答應了。

「謝謝妳，那就拜託妳了。」

我低頭致謝後，重新訂製剩下的曲子

志野亞貴看到修正後的指定，和奈奈子同樣發出驚呼。

「欸，要改變構圖嗎？」

「嗯，因為工作即將進入關鍵時期……速度優先。」

連之前向志野亞貴提出的事件圖指定，也大幅修正過。

原本我並未讓志野亞貴看樣本CG，一直都只說明想要的情況，讓她負責構圖與裁減的只是。

可是志野亞貴難免追求困難或有趣的構圖，導致每一張CG都花了不少時間。

於是我決定由我親自深入構圖指定，下達指示。

大幅刪除仰視、俯瞰等耗時的作畫。採用從正側面略為轉向側臉，或是直接全面採用側面構圖，以及正前方的分鏡。

另外也大量使用特寫。遠景無論如何都需要較多工時，看情況可能還得額外向山科學長訂製背景。我希望盡可能避免。

「感覺有不少類似的構圖……這樣真的可以嗎？」

志野亞貴有些不安地提問。

「嗯，結尾凸顯表情的構圖反而比較好，也比畫全身的圖更好。」

我這番話並非謊言，但是聽起來難免像在找藉口。

只不過以遊戲整體的完成度而言，ＣＧ品質固然很重要，但張數也是一大賣點。繼續減少ＣＧ數量可不是好事。

「所以我希望妳依照這樣的指定來畫……可以嗎？」

雖然我的委託有些強行。

「嗯，好啊。就照恭也同學說的去做。我以這些指示試試看。」

「……謝謝妳，志野亞貴。」

好，那麼……接下來才是最大的難關。

「……意思是要我這樣寫嗎？」

貫之的聲音聽起來有點顫抖。

整體而言，最大的變更點就是劇本。改變原本設想的配角路線，刪除了驚悚與非日常戰鬥的路線。

取而代之，由我擬定詳細架構。這是我根據之前為了趕不上的時候事先草擬的內容，加以改良而成。情節稱不上有趣，但是凸顯角色魅力，營造了最低限度的精采場景。

為了避免撰寫劇情時產生疑惑，我甚至註明了日常部分的對話概要。只要依照指示撰寫，要思考的部分應該就能限縮至最低。

可是。

「這麼一來……由我撰寫劇本真的有意義嗎……？」

我早就料到他會這樣質疑。

原本的路線不論發展與概要，都是貫之自己想出來的。因此帶有很濃厚的貫之個人風格。即使對校園系這個領域不熟悉，也可以光明正大地說這是貫之的作品。

可是新的架構不一樣。是以盡可能削減時間成本，趕快完稿為目標。雖然不至於淪為可有可無的等級，但劇情的確只有最低底限。

「架構是你想出來的，連最後的印象都固定了……那我寫的部分不就完全不剩了嗎？」

貫之表達反抗之意。這次作品他基本上都忠實依照我的指示。因為我在製作遊戲上比他更有經驗，另外他很重視最後要遵守總監指示，應該吧。

可是在這裡，他卻似乎不肯輕易屈服。

其實我也明白這一點。正因如此，我才想仔細說明，試著讓他理解。

「說這什麼話。正因為是貫之寫的，才能發揮這款遊戲的特色啊。」

由總監撰寫架構，作家順著脈絡撰寫劇本，這種分工模式即使在商業遊戲也常見。

而且在不少案例中，不論架構有多優秀，缺少作家的筆力就成了拙劣的作品。當然也有反例，即使架構平凡，同樣可以靠作家的本事讓故事更有趣。

這一次我準備的架構，終究只掌握了基本中的基本。正因如此，貫之的筆力才是不可或缺的元素。

「抱歉讓貫之你感到難受。但這是我想出來，為了完成遊戲的最佳手段。」

「呃，可、可是啊……」

我注視還想反駁的貫之眼睛，認真勸說他。

「……所以拜託你。能不能相信我，照我說的去做呢？」

老實說，我早已做好他多少會反抗的心理準備。

如果他始終不肯配合，我想過給貫之一條路線自由發揮即可，以此作為讓步的底線。

「……我知道了。」

所以聽到這句話，我有點驚訝。

「恭也你總是正確的，都是考慮到我的情況而提供的建議。」

貫之用力點點頭後，

「就依照你說的去做吧。我相信你。」

明確地答應我。

「……謝謝你，貫之。」

「如果不努力，還會被小百合姊嘲笑。為了確實達成想做的事情，現在得想辦法撐過去。」

從他這句話，我想起之前和小百合小姐的對話。

我必須讓貫之獲得幸福。為了這個目的，無論如何都得做出犧牲。

這是必要的妥協。

要知道這一點，我們才能往前邁進。

◇

後來貫之以讓人目瞪口呆的速度撰寫劇本。沒有白走彎路，也減少了以前常見的冗長語句，仔細順著我指示的架構專心工作。

「以這種速度來看，錄製一星期前有機會搞定劇本吧。」

在報告進度的電話中，罫子學姊似乎也鬆了口氣。

「你到底用了什麼魔法？一下子就 hold 住撰寫進度，肯定有什麼原因吧？」

「我什麼都沒做啊，只是好好地當面聊過。」

沒錯，其實我沒有耍什麼小手段。

只是與貫之重新確認完成遊戲這個目的。和他聊聊為了這個目的，哪些東西現在要暫時擱置。

「我早就認為，他應該能理解我的苦心。」

遊戲製作靠的是團隊合作。

「真是可靠啊，就照這樣努力到最後吧。」

與野子學姊的通話結束後，我始終維持高漲的熱意。

「接下來是最後衝刺了。」

一刻都不能鬆懈，朝母片完工邁進。

◇

三月，大學已經開始放春假。

四年級的學長姊面臨畢業典禮，宛如最後的機會般連日連夜聚會狂歡。

「……到處都傳來酒氣呢。」

河瀨川略微皺起眉頭，走在學生公寓的走廊上。

「因為這幾天一直在開趴啊，肯定……啊，是這裡。」

門上貼著以麥克筆手寫的門牌，上頭寫著桐生孝史。我敲了敲門，隨即從房間探出一張看起來非常不健康的臉。

「誰～啊～……原來是阿橋嗎。」

「桐生學長早……哇，好臭的酒氣！」

強烈酒氣薰得我皺起眉頭，桐生學長見狀笑著開口，

「直到昨天連續開了三個晚上的趴。哎呀～足足喝了一輩子的酒量呢。」

哈哈大笑的同時，招待我們進入房間。

「來，之前說好的，你們可以使用器材～」

「……謝謝學長，打擾了。」

我和眉頭皺得比剛才更緊的河瀨川，一起進入桐生學長的房間。

似乎至少有清出一條人能進入的空間。我們坐在擺好的坐墊上，隨即先簡單介紹彼此。

「這一位是河瀨川英子同學。」

「我是桐生孝史。呃，是橋場學弟和志野學妹加入的美術研究會，這個社團的社長。」

「學長好，我是河瀨川。」

河瀨川低頭致意。

春假的今天，為何我和河瀨川會造訪已經畢業的學長房間。原因只有一個，為了製作《春日天空》的ＯＰ動畫。

一年級最初的功課那時候也拜託過學長，桐生學長有全套職業級的編輯軟體。尤其這一次無法使用學科的器材，才決定再一次拜託學長。

「那麼編輯相關軟體大致上都會用嗎？」

對於桐生學長的問題。

「Primiere 用過好幾次，Outer Effects 就不太熟了。」

「是嗎，那麼懂得時間軸的架構吧。」

「嗯。」

「那就針對不同之處重點教妳吧。」

桐生學長說完，便實際啟動軟體一邊說明。

以前我就覺得，深入討論這種製作作品的時候，桐生學長就思路清晰又堅定可靠。有點不太甘心，但覺得學長有點帥。

我一直心想，學長肯定很受女生歡迎。但是反過來說，或許正因為有反差，樋山學姊才會對他有好感吧。

過了兩小時後。

「怎麼樣，河瀨川？」

我向她確認進度，她便摘掉耳機，

「大約還有四十%。角色介紹部分的關鍵影格幾乎都輸入完畢，接下來只要更換角色，改變顏色即可。」

解釋過後，河瀨川戴上耳機，再度回到工作上。

「……阿橋，問你一個問題。」

「什麼問題呢？」

桐生學長在河瀨川的後方，偷偷指了指她，

「……這女孩該不會是超級優等生？」

我點頭回應學長，

「果然。她理解事情的速度快到不可思議，我明明只教過她初步操作，她卻已經能應用了。」

「有這麼強啊……」

「她肯定能成為優秀的電影專家。」

學長這番話是誇獎，可是對現在的她而言卻是挖苦。

她原本的目標是俗稱的作家，而非技術人員。

可是河瀨川英子愈努力，身為專家的知識與技術力就不斷提升。正因為她本人也有自覺，想必很不甘心吧。

「總是受到不少幫助呢。感謝桐生學長，也感謝河瀨川。」

「已經習慣阿橋粗暴的用人方式啦。」

桐生學長哈哈一笑。

「……不好意思。」

話雖如此，考慮到學園祭的人情債，我覺得這點程度學長應該會原諒。

「其實還好啦。這位美女學妹雖然有點可怕，但這一點又讓人心動呢。」

我剛剛才覺得學長有一點帥氣耶！

「拜託別當著本人面前說這種話。她真的會臭罵學長一頓。」

「啊……這樣也不錯耶，有點想看看她會露出什麼樣的表情。如果我說出超沒品的下流話，她的反應會多冷淡呢……！可以說吧？」

「好了啦，拜託學長安靜一點。」

……這個人真的很變態。

我由衷心想，還好現在河瀨川正戴著耳機工作。

總之再兩個小時左右，ＯＰ就會完成了。

這時候，手機忽然響起。

「咦……是志野亞貴打來的。」

她平常總是用簡訊聯絡，真難得會打電話。

「我出去一下。」

「好啊。」

我留下桐生學長與河瀨川，暫時走出房間。

「喂，是我。」

一接電話，立刻聽到志野亞貴的聲音。

「啊，恭也同學！」

還以為是什麼緊急情況，結果志野亞貴的語氣很正常，我才鬆了口氣。

不如說太有精神了，反而讓我在意。

「怎麼了嗎，志野亞貴，居然打電話來。」

「嗯，工作的時候正好想到好消息，才會聯絡你。」

「好消息……？」

什麼事情啊。可能和工作有關，那麼大概是插圖的事。

「我想盡快告訴你，可以現在在家裡討論嗎？」

「我知道了，等我一下。」

掛掉電話後，我回到房間去。

也向河瀨川報備一聲後，

「不好意思，接下來的工作可以交給桐生學長和河瀨川妳嗎？」

「倒是可以……不過優先順序有這麼高嗎？」

「嗯。事關遊戲本篇，我希望能盡快完成。」

河瀨川點頭同意我的話。

「好啊。再過兩小時左右完工後，將完整內容燒成光碟帶過去就可以了吧？」

「嗯，原始檔案我過幾天再帶外接硬碟來複製。這樣可以吧，桐生學長。」

「行，沒關係。」

之後大致上討論過工作上的事情後，我便迅速前往共享住宅。

從桐生學長的學生公寓可以徒步前往共享住宅。今天因為還有河瀨川，所以我們會合後才走來。

「剛才真應該騎腳踏車來才對……糟糕。」

快步走的同時，我為損失的時間感到惋惜。

大幅變更內容的結果是，貫之的寫作速度大幅提升。劇本也已經完成，預定從明後天開始錄製語音。ＢＧＭ也全部完成，目前已經開始從完工的部分輸入演出程式碼。

其中依然還有一部分，是上頭寫著「虛擬（dummy）」的部分在活動。

「想不到志野亞貴會在這裡卡住……」

唯有插圖到了這一步，進度居然明顯落後。

之前盡可能改成容易畫的構圖就算了，但是志野亞貴依然希望盡可能增加變化。她不要單純的側面構圖，一定要加一些修飾。例如改變裁剪，或是利用肢體動作表現場景。

這件事情本身並不壞，甚至對於創作者而言是必要的。而且志野亞貴身為繪製插圖的人，還可以凸顯存在感。

可是她苦心潤飾的結果，是需要更多的時間。

導致失去了我當初簡化構圖的意義。

「好消息究竟是什麼呢……」

該不會是突然知道怎麼畫了嗎。可是這麼一來，透過電話告知即可，而且這種事情根本不需要報告吧。

總之得先聽她說，否則瞎猜也無濟於事。

我盡可能加快腳步，一路趕回共享住宅。

◇

快步趕路奏效，我成功在三十分鐘內抵達住處。

「啊，恭也同學，這邊這邊！」

一進入住處，志野亞貴就找我進房間。

「所以說，妳要告訴我的是什麼？」

走上階梯的同時，我試著聊起要討論的內容。

「我看了收到的指定後，想到不錯的點子喔。」

……看了指定？

到底是什麼指定啊。

「知道了，總之詳細告訴我吧。」

「好。」

進入志野亞貴的房間後，我在電腦旁邊擺好座位。

顯示在螢幕上的，是我製作的ＣＧ指定文件。

「這是Ｋ01的第十張，最後分鏡的指定吧。」

「沒錯。我想稍微改變這一張。」

說著，志野亞貴開啟劇本檔案。

「貫之撰寫的劇本，這一幕寫得非常好喔……！」

顯示的是主要女主角的告白場景。

情境本身極為普通，不過貫之根據我的指定內容寫出充滿情感，回味無窮的場景。

態度冷淡的男主角，與捨己的女主角邂逅。藉由進入最後的段落，整體印象應該也會大幅改變。

「女主角的表情特寫，有笑容、認真、略為哭泣，以及有些生氣四種變化吧。」

「嗯，然後喔！」

志野亞貴開心地再度開啟另一張圖片檔。

這張圖。

「啊………」

看得我不由得屏息以對。

橫向特別寬的構圖，左邊特寫男主角的手部，右側則是女孩的中景鏡頭。前方的男主角手部有些模糊，畫面鏡頭聚焦在後方的女孩身上。這張構圖巧妙運用了景深，呈現動畫般的效果。

「男生的這句臺詞寫得真好。所以我想讓他在說話的時候，添加手部的肢體語言。」

男主角下定決心採取行動時，心念一轉說出一句話時，手習慣下意識地緊緊握住。

這個習慣在共通路線被當成哏嘲笑，同時在最後的告白場景當作驚鴻一瞥的道具使用。這是貫之提出的點子，我覺得非常有效。

而志野亞貴提議，能否用ＣＧ表達這個概念。

「一開始我以特寫繪製表情，但總覺得不太合適……然後稍微拉遠一點大致畫了一下，發現這張圖只畫一個人太浪費了。心想如果沒有和男主角在一起，這個場景就不成立了。」

志野亞貴筆直看著我。

「怎麼樣？我覺得很不錯喔！」

「…………」

我陷入沉默。

這張構圖非常棒。以從那份劇本導出的內容而言，可以給滿分。要仔細讀懂劇本才想得到，顯示志野亞貴有多麼真摯地製作遊戲，稱其為究極的ＣＧ都不為過。

如果情況許可，我應該會立刻同意變更，並且毫無問題地進行。

可是。

（老實說，事到如今還要變更……很難啊。）

這項企畫原本就建立在少量主要工作人員，以及一部分外包人員完成。這是考慮到預算限制與創作時間的判斷。

關於ＣＧ也是，我原本將需要專門知識的背景美術委託山科學長。不過立繪與事件ＣＧ，包含上色通通交給志野亞貴負責。

但很可惜，計畫中途受挫。由於整體進度拖延，導致志野亞貴連上色都忙不過來，有半數以上ＣＧ委託了外包美術人員負責。理所當然壓迫到預算限制，答應完成後再補給對方。

在以賺錢為最終目的的企畫中，愈製作卻導致能賺到的錢愈來愈少。

（志野亞貴應該也明白這一點吧……）

正因如此，我甚至提出從自己分到的部分扣除所有美術人員的費用（當然她拒絕了）。她會接受我大幅修改構圖的提議，可能也是因為內疚。

在這種狀況下，她告訴我這個提議。

我明白這是她發揮自己的職業精神。雖然我明白……

「妳說的修改……」

我非常猶豫。如果只在關鍵的一張圖破例，以製作而言並非不可能。肯定還能提升遊戲的評價，其實並不壞。

可是這次變更伴隨很大的風險。目前拜託山科學長製作事件ＣＧ的背景，行程表已經相當嚴苛。考慮距離母片完工的所剩時間，現階段根本不可能再追加。

當然，上色也是外包。目前委託的美術人員已經說過，再增加工作量就很難保證品質。就算外包好了，難得的關鍵ＣＧ依然也有完成度不足的風險。

煩惱到最後，我——

「我覺得不要修改比較好。」

如此斷言。

「為什麼呢……？我還以為以劇情內容來看，這樣畫絕對比較好呢……！」

志野亞貴露出困惑的表情。

她難得以強勢的語氣反問。

「果然……趕不上交貨期限嗎？」

現在回答她「是的」很簡單。可是考慮到她身為創作者的自尊，坦白反而會有反效果。

「不是的。是因為我希望在這個場景，展現志野亞貴畫的表情。」

「表情？」

「嗯，這也是為什麼表情的比例從一開始就偏多。」

我開啟檔案，再一次確認變化的部分。

「相較於其他所有ＣＧ，頂多只有兩張變化，唯有這裡使用了四張變化。因為我想在遊戲的最後，營造這女孩的表情十分豐富的印象。」

我沒有說謊。但這種說法接近藉口。

「原來……是這樣。」

「是啊。所以妳說的構圖的確很有趣，但我還是覺得依照預定計畫吧……如何？」

我覺得自己真狡猾。

一邊闡述意見，同時讓插畫師做最後的判斷。以這種方式讓對方無處可逃，產生是自己做出決定的印象。

即使覺得自己學會了不入流的手段，但我依然選擇狠下心來。

「……我知道了。那就依照原本的構圖畫囉。」

「抱歉，難得妳為我想到有趣的構圖。」

「沒關係，本來就是因為我拖延的關係。」

志野亞貴咧嘴一笑。

「抱歉在百忙之中找你來，可以回去囉。」

「嗯，那我先走一步。」

確認過剩下工作的目標後，我以此為基礎，決定即將要塗上的彩色。

來到志野亞貴的房間整整一個小時後，我想再度回到桐生學長的房間。為了看時間，我從口袋掏出手機後，

「咦？有人打給我。」

發現是河瀨川打來的。我立刻回撥，

「橋場？我依照預定完成了。現在正在回家的路上。」

報告工作完畢的語氣，感覺十分平淡無奇。

「我依照你說的格式，拜託桐生學長輸出了。這方面我不擅長，所以不太清楚，但我依照你說的去做，所以應該沒問題。」

「謝謝妳，幫了大忙呢。」

如果有哪裡不放心，河瀨川應該會立刻告訴我。

既然她說依照預定計畫，我想應該順利結束吧。

「所以麻煩順利解決了嗎？」

「呃……嗯，算是吧。」

雖然算不上麻煩，但我還是告訴她已經搞定了。

「是嗎……那我掛囉。」

盯著河瀨川乾脆地掛掉的電話，我開口確認。

「還得聯絡罫子學姊。從今天開始要閉關輸入程式碼，還得讓貫之確認才行。」

宛如從腦海中趕走剛才的事情，我決定接連思考接下來的工作。

還剩下許多要做的工作。我有義務確認這一切，讓遊戲完工。

製作優秀的作品，將想法化為具體。

沒錯，想法很重要。可是要真正化為具體，需要的是妥協。

所有問世的創作，肯定或多或少都有妥協。

如果不妥協，花多少時間都無法做出能賣錢的作品。

「——同時也為了貫之，這是最好的方法。」

尤其這一次，需要錢的目標非常明確。

到底要怎麼取捨，決定哪些內容可以在作品中出現。

做出決定就是我的工作。

為了這個目的，我在當下活用未來的經驗。

「反正這是大家的必經之路。」

今後在成為職業級的過程中，他們也會逐漸學到這些。

能夠先理解什麼是妥協，肯定有正面意義。

第五章　我們往前邁進

四月九日，星期一。清晨四點。

北山共享住宅已經完全化為趕工地獄。

今天早上十點是最後底限，要直接送到位於大阪狹山市的壓片工廠。

工廠已經來電嚴正通知，一旦錯過時間，當天就無法送達會場。

「大家，只要搞定了就可以睡覺！所以再加把勁吧！」

目前正在全體總動員除錯。志野亞貴與奈奈子是負責測試的報告組，我和貫之則是修正錯誤組。

我和貫之將筆電帶到客廳來修正，奈奈子與志野亞貴把房間門打開，以便報告。

「好！除錯除到檔案005了！追加部分已經上傳了嗎？」

「傳了！看看共享檔案006。還有，目前志野亞貴應該在測第三條路線！」

「了解！貫之你那邊呢？」

「共通路線搞定了，剩下個別路線。可惡，我怎麼會出這種錯字啊……」

「檢討會之後再說！志野亞貴！時間快到了，幫我檢查一下！」

「還沒到最後的部分！」

「那就按ｃｔｒｌ鍵跳過！只要沒當掉就行了！」

「呀——！」

「怎、怎麼了，奈奈子！」

「這裡，立繪的位置變得好奇怪！只有臉飄在空中！什麼啊！」

「啊，這是僅裁切表情的部分做成ｐｎｇ檔，重疊在上頭的圖……糟糕，座標跑掉了。」

「大家真有幹勁呢，來，這是慰勞大家的～」

「太好了，罫子學姊你來的正好！有錯誤，錯誤！」

「錯誤？不是程式碼出錯嗎？」

「好像不是，學姊妳看一下奈奈子的電腦！角色的臉好像面具一樣飛走了。」

「啊，座標有誤吧。讓我看一下程式碼。」

「拜託學姊了！志野亞貴，妳那邊怎樣！」

「好像一按ｃｔｒｌ鍵就一片黑了，這就是結局嗎？」

「那就是當掉了啦！我、我過去那邊一下！」

「嗨，阿橋，我來加油囉～哇，這麼誇張啊！」

「拜託，大家怎麼都一臉死相啊！你沒事吧，橋場？」

「桐生學長，河瀨川！呃，我房間有筆電桌電各一臺，拜託灌一下遊戲後幫忙確認！」

「是可以，不過有要測哪條路線嗎？」

「啊，那就測螺紋卷的女孩！」

「拜託，橋場，我要做什麼啊。」

「河瀨川妳測妹妹頭的女孩！情色場景就隨便跳過去！」

「呃……好、好啦，反正不檢查不行嘛！」

「妳願意幫忙就太好了！啊，貫之，向他們解釋一下選項，咦，貫之？」

「拜託，又錯字……怎麼會是『道地怎麼了啊』……是『到底怎麼了啊』吧，喂！」

「貫之～！要消沉等一下再說！」

「那我上二樓囉～」

「來，程式碼改好囉～似乎有人不小心誤觸一開始的指定座標，導致刪掉了數值呢。」

「咦……原來還有這種陷阱啊。」

「有啊，最好檢查一下比較保險。」

「拜託，志野亞貴再重啟電腦，跑一次剛才的路線！這次不要跳過對話！桐生學長！河瀨川！幫忙仔細檢查立繪有沒有跑掉！奈奈子再檢查一次剛才臉飄起來的部分！貫之修改錯字後，再次從頭檢查！罫子學姊拜託看一下剛才的陷阱部分！接下來還有什麼呢……！」
「呀——怎麼回事，這次背景突然變成一半了！」
「這次遊戲又無法啟動了喔～？」
「天啊……又錯字……『做喜歡的事』變成了『做喜歡的是』……」
「拜託，橋場！怎麼回事啊，灌到一半卡住了喔。」
「這個螺紋卷的女孩，開頭兩句臺詞沒有聲音，記得應該有配音吧？」
「這可糟糕了呢，有點擔心能不能勉強趕上……」
「饒了我吧……！」
罫子學姊負責修正志野亞貴測出的錯誤；知道奈奈子發現的背景錯誤是座標有誤後也修正了。我督促貫之化身修正錯字機器，並且從編輯前的檔案搜索桐生學長找到的缺少聲音臺詞。找出河瀨川安裝遊戲時發生的錯誤，最後好不容易讓遊戲可以順利遊玩。
上午九點，到了出發前往工廠的時間。
驚滔駭浪的幾個小時就這樣結束了。
「呃，已經順利確認工廠收下了遊戲。所以好不容易……」

我吞了一口口水。

「母片完工啦！」

宣告的瞬間，共享住宅籠罩在掌聲中。

「啊———終於完成了……結束啦……」

「這樣就能好好睡覺了，不用再喝苦咖啡啦。」

「總、總之可以睡覺了嗎……？」

三人反應都不一樣，籠罩在完工的放心感。

「真的……大家都辛苦了。暫時好好休息一下吧……」

說到這裡，連我自己都差點腳步踉蹌，

「那麼大家晚安……」

於是在睡倒之前，我決定回房間休息。

雖然連續做不習慣的工作，還發生不少意外插曲。

不過一完工後，其實也有許多地方成為良好的經驗。

「啊，還得在官網上報告母片完工的消息……」

距離即賣會還有三個星期。這次一定要將做完的遊戲賣出去。

我再度想起，還剩下一場大型活動要參加。

「沒啦，偶覺得一定會大賣。」

罫子學姊一句話歸納了擔心地表達不安的我。

「可、可是從一開始的發表就不太顯眼，報告母片完工後也沒掀起什麼話題耶？」

◇

四月二十九日，星期天。我和罫子學姊兩人來到東京。來參加規模僅次於 Comic Mart 的 Comic Zero。值得紀念的第一屆活動，也是《春日天空》的發表日。

我們推著臺車，步行在從最靠近會場的國際展示場站前往會場的路上。

「遊戲會不會大賣，其實不是看這些。簡單來說，要靠原本具備的知名度，以及宣傳給多少人知道啦。」

罫子學姊這番話聽起來有些冷淡。

「講得露骨一點，就算只有外表認真做，哪怕這次的遊戲內容很雷，會賣就是會賣。」

社團知名度的高低，公布第一波消息的方式，以及端上檯面的要素。

只要這些條件齊備，就幾乎能預估銷售量。

「有那麼……順利嗎。」

官網的訪客人數的確不曾減少。連續出現平均偏高的數字，直到今天都完全沒降低過。

可是個別討論串的熱度並不高，中途還變成閒聊討論串。在批評網站中，甚至看到有人在體驗版階段就罵得很難聽。

「總之看著吧。」

之後罫子學姊便沒什麼開口。

抵達會場後，我們掏出入場券進入。現在是早上八點，附近還沒什麼人，彷彿祭典之前的寧靜。

「あ61，是這裡吧。」

怪誕蟲遊戲這次的攤位在鐵捲門前。其實這不稀奇，即使考慮搬貨量也能明白。問題在於有沒有這麼多人會來。事前已經準備這麼久，要是最後關頭搞砸，我可就無顏面對大家了。

「外盒能讓偶先看一下嗎？」

「噢，好的。」

我從打開來當作樣本提交的箱子裡取出一盒遊戲。

嶄新的DVD光碟盒子上，精美地印著志野亞貴畫的外盒圖，以及《春日天空》的標題字樣。

「……真的做出來了呢。」

背面還記載了工作人員名單。我自己的筆名是『ＫＹＯ（恭）』。其他人的筆名都和本名的關係不大，但我無論如何都想在這裡秀出自己的真名。

因為我想在這裡，銘記自己從十年後前來的證明。

如此一來，感覺終於成功化為現實了。

「介紹一下，他是這次擔任遊戲總監的橋場學弟。」

「啊，我是橋場……今天請各位多多指教。」

幾名在社團攤位打開紙箱的人向我回答早安。

「……還真是樸素呢。」

「即賣會的早上都是這樣啦。來，偶們也整理紙箱吧。」

「噢，好的。」

以前我也幫忙過社團擺攤。不過那次是生日座位的配置，這麼大規模的經驗是頭一遭。

首先拆開幾個紙箱，做成貨物用的棚架。以膠布固定後，後方貼上全開的海報。放箱子的位置也不一樣。如果直接放著會很難拿，所以箱子的放置方式要規劃動線，方便顧攤小精靈補貨。

來幫忙的人以熟練的動作排列箱子。老實說，我能做的就只有打開箱子，取出內容物。

「順序和普通社團完全不一樣呢。」

「那當然，因為會來很多人啊。」

其實我還是有點難以置信。

面前是依然緊閉的灰色鐵門。等待入場的前頭集團應該已經在鐵門前排好隊伍。

換句話說，現場究竟會有多少人，將由企劃的成敗決定。

「距離開幕還有三十分鐘嗎。」

這四個月以來，我幾乎沒有思考的餘地，一直持續趕工。勝負將在這一瞬間揭曉，讓我同時感受到恐懼。

「好，差不多開始啦。」

罫子學姊說完後，會場準備的工作人員提醒遠離鐵門。

然後傳來馬達的啟動聲，鐵門緩緩開起。

在我的面前。

「哇……」

除了一開始的這句話，我啞口無言。

出現了一條長長的人龍。

中途轉了好幾個彎，最後方舉著「這裡是隊伍尾端」的牌子。

上頭寫著社團名稱，攤位號碼，以及插圖。

大家都以牌子為目標排隊。

在這裡的所有人，都追求我們製作的遊戲而特地前來。

如此一想，就有種感覺從身體深處湧現。

「……看，偶不是說過嗎？」

「……的確是。」

距離開場還有五分鐘。

我已經不再注視隊伍。

而是想仔細看清楚面前的每一個人，哪怕多看一個人也好。

◇

「各位！慶祝《春日天空》的完工與販售成功！」

「乾杯！」

即賣會結束後過了兩天，回到大阪的我在共享住宅舉辦慶功宴。

「太好了……終——於結束了……」

「我已經不想再找錯字啦！」

「畫了老半天還是畫不完，之前心想究竟何時才畫得完呢。」

大家都感慨良多，回顧製作遊戲的過程，不斷聊著往事。

其實我也邀請過罫子學姊，但她說「你們自己人先慶祝一次吧。畢竟偶不是你們團隊的」予以婉拒了。畢竟只有她的立場不一樣，或許她是為我著想。

因為在這個場合上，的確有些話題只有同甘共苦的人才明白。

「所以最後帶了多少份遊戲過去？」

「帶了三千份到會場吧。」

「然後過了中午就賣完了嗎……真是厲害。」

真是難以置信的光景。

以前我身處商業遊戲的世界中，賣個一兩百份都難如登天。現在看到面前的遊戲轉眼就銷售一空，甚至覺得彷彿施了魔法一樣。

早上抵達攤位時，堆積如山的遊戲接二連三從箱子裡掏出來，交到顧客的手上。

即賣會結束之後，一綑一綑堆成山的千元鈔票告訴我，這不是在做夢。

「哎呀，話說一開始還懷疑我們能不能做到，結果還真的完工了呢……」

手中拿著遊戲外盒，奈奈子感觸深刻地開口。

「如此一來，就讓人感覺是正式的遊戲呢。」

貫之也露出難以置信的表情，盯著手邊的遊戲畫面。

「許多圖在自己的螢幕以外的電腦上活動呢。」

志野亞貴也同樣感慨良多。

遊戲的評價還要看後續發展，不過先玩過的玩家大致上都給予高評價。

例如完成度堪比職業級啦，雖然劇情短但充滿了魅力之類。

對主題歌的評價也非常高，奈奈子在同人領域內已經小有名氣了。

「如果受邀表演的話該怎麼辦呢～呵呵。」

「別太得意忘形了，奈奈子。錄製前一直央求要回去的人，現在也出名了呢。」

「哇～恭也，那件事情你說出來了嗎？竟然還是告訴貫之！」

「抱、抱歉，因為他問我情況，才會說溜嘴。」

「哈哈，難得有機會帥氣地收尾，結果最後掉以輕心了呢，奈奈子！」

「囉嗦！囉嗦！有什麼關係，受到他人稱讚，得意一下有什麼錯！」

「對呀，奈奈子的歌聲真的很棒呢～」

「謝～謝謝妳，志野亞貴。我也非常喜歡妳畫的圖喔～至於劇本就算了。」

「多謝妳這樣說啊，那我就不用透露妳看我寫的劇本看到哭出來了。」

「拜託，恭也～！你連那件事都告訴他了喔！」

「抱、抱歉。」

隨著慶功宴的舉辦，大家也逐漸恢復了熱鬧。

遊戲開發初期充滿困惑，也沒有精神。

製作過程中嘗試錯誤了好幾次，每一次都重新來過。

不就就是這樣，好不容易完成了遊戲。

「大家真的辛苦了，謝謝。多虧大家的努力，這項企畫才能化為成功的形體。」

我開口慰勞後，大家便一同望向我，

「這項企畫……沒有恭也根本無法開始啊。」

貫之感慨良多地開口，

「對呀，要是沒有恭也，我們什麼也做不到。」

志野亞貴也點頭同意，

「好像一切都交給恭也包辦了呢。」

奈奈子同樣笑瞇瞇地仰望我。

「哪、哪有啊……拜託別突然這麼說啦。」

我有點哭出來。大家明明這麼厲害，正是因為大家很厲害，遊戲才有機會完工。

可是大家都信賴我，願意跟隨我。

沒有比這個……更高興的事了。

「啊，恭也你是不是，有點哭出來了？」

「哪、哪有啊……」

「呵呵，工作了這麼多，很累了吧～可以好好地休息囉？」

「嗯，的確是……」

光是聽到大家的聲音，我就洋溢在難以忘懷的幸福感中。

希望一直靠這支團隊創作。

以前在十年後的世界中，完全沒想過搞定一個項目後能產生這種心情。

回到十年前，選擇創作的道路……真的，太好了。

◇

由於飲料喝完了，我和志野亞貴出門添購。

走到附近的便利商店需要幾分鐘，不過價格比較貴。所以我們大多去遠一點的超市買。

「有這些應該夠了吧。」

寶特瓶多到從垂掛在雙手的袋子冒出來。

「大家還真能喝呢～」

「還是因為解脫了吧。不論貫之或奈奈子，表情都放下了心中的大石。」

之前應該忍耐了很多事情，不過現在終於能回歸日常了。

而且趁這個機會，應該還有機會討論接下來要做什麼。

由於這次忍著沒做，下次能做什麼。以及有能力至做什麼。

能想到的可能性有很多。

「終於開始變暖了些呢。」

從山上吹拂而下的冷風，好不容易開始變暖。

黃金週即將結束，二年級的課程開始之際，肯定完全春暖花開。

不久之前明明還是冬天，感覺時間過得真快啊。

「話說志野亞貴……」

接下來該要做什麼呢，我打算切入這個話題。

升上二年級，能做的事情更加開拓，還能大家一起製作遊戲。志野亞貴第一次畫了這麼多張插圖，應該具備了自信。

只有我一個人以為，現在聊的肯定是未來的遠景。

「欸，恭也同學。」

走在我前方的志野亞貴，突然嘴裡嘀咕。

由於語氣平淡，也沒有任何開場白。

所以我的反應也慢半拍。

然後她轉過頭來。

「這樣真的好嗎？」

……咦？

我忍不住停下腳步。

聽到的這句話沒有立刻進入我的腦海。

為什麼會說這句話，志野亞貴為何現在要說出來。

我一下子找不到足以理解這句話的原因。

「問我真的好嗎……什麼意思？」

好不容易說出口的話，是反問。

代表我對這句話有多麼不理解。

……不，未必如此。

其實我早就知道。但是我怯於承認。

志野亞貴會說出口，肯定是為了我不敢承認的原因。

所以……我只能想盡辦法，假裝自己沒有發現。

「嗯，我只是剛好這麼想而已。」

志野亞貴的語氣絲毫沒有責備我的意思。

可是，她完全沒有否定剛才那句話。

「成功……了啊。因為我們不是為了貫之而努力嗎。」

沒錯，這次從一開始就有嚴苛的條件限制。

限定期間，而且目標金額很高。

條件還包括貫之的心情，以及他能做什麼。

而且還要發揮大家的特性。

當初必須克服這麼多條件。

所以過程中有妥協，也有忍讓。

雖然也讓大家忍耐不少事，但這也無可奈何。

沒錯，是無可奈何的。

「是嗎。既然是這樣……那就算了。」

志野亞貴露出平時的婉約笑容。

「抱歉我說了奇怪的話。」

「沒關係，別在意。」

之前也讓她忍耐了許多事情。她會有一點不滿很正常。所以這是必要的。

「如果難受的話，要告訴我喔。」

志野亞貴悄悄接近我。

然後握住我沒提東西的手。雙手裹著我的手，然後直接捧到自己的胸口。

「我——始終相信恭也同學你。」

之前我受到她拯救了多少次呢。

聽到志野亞貴窩心的話，讓我眼睛深處感到熱熱的。

「嗯……我沒事，謝謝妳。」

但是，我現在無法接受她的好意。

我忍耐情緒，始終強裝平靜。

為了告訴自己，以及別人，這才是正確的選擇。

◇

到了隔天。

天氣一片晴朗。呈現春意盎然的藍天，點綴著幾朵白雲。

作品的標題也有這兩個詞，春日與天空。

今天彷彿象徵這兩個詞，是美好的一天。

罫子學姊前來，從包包裡取出說好的東西。

我們就為了這些東西而努力。為了讓貫之，讓夥伴能繼續念大學。

而這些成果，現在在面前化為具體的事物。

「這一次在會場與店鋪的銷售額是四百八十萬。扣除各種經費與追加製作費的三百萬，分給你們的金額就是這些。」

學姊將明顯非常厚實的信封發給我們所有人。

「我、我們真的可以收下這些東西嗎……？」

面對如此鉅款，奈奈子顯得相當慌張。

「當然可以啊。謹慎使用吧。」

「好、好的……總之等一下我去銀行一趟……」

彷彿還難以置信的奈奈子，搖搖晃晃回到房間。

「有這麼多的話，生活就無虞啦。」

志野亞貴的語氣聽起來好像擔憂生計的主婦，話說她好像已經申請獎學金了吧。

為今後著想，有存款當然是好事。

「志野亞貴妹妹真是穩重呢。對了，有些追加的東西想拜託妳畫，之後來商量吧。」

「好喔～」

於是兩人前往志野亞貴的房間。

現在客廳只剩下我和貫之。

「如此一來……就結束了吧。」

貫之抬頭仰望天花板，『呼～』一聲吁了口氣。

「太好了，貫之……學費的問題也解決啦。」

一如最初的約定，我多分給貫之一點。

就算付清學費，剩下的也足以支付生活費。好不容易從打工解脫，往後就可以專心念書了。

事情如此順利，甚至讓我覺得不太真實。

「…………」

貫之視線緊盯我交給他的一疊鈔票，不久，

「喂，恭也……你能不能出來一下？」

「咦。」

「我有話要告訴你。」

說完，貫之迅速起身。

自從我認識貫之以來，我第一次見到他露出這種表情。

◇

來到外面後，貫之朝大學不同的方向走。爬上斜坡後走了一段，是一片高級住宅區林立的區域，最後方還有一座博物館。

學生很少，到了晚上也沒什麼行人，所以這條路很適合轉換心情的散步。

「如果寫劇本卡住，我經常在這裡散步。」

走在斜坡上，貫之懷念地表示。

「這裡有座公園。我經常坐在這裡，思索點子之類。」

貫之走路的速度很快。每當徒步前往哪裡時，一定都是我在後面追趕他。不過唯有今天，他的步伐緩慢得不可思議。

「要走這麼遠才要說嗎？」

「……不，走到這附近就行了。來到充滿回憶的場所反而比較容易開口。」

咦，他這句話……是什麼意思？

況且貫之像這樣找我到外頭散步，本來就是頭一遭。大致上都是在房間聊天，或是針對某件事情討論，一本正經地開口本來就很罕見。

話說還過不到一年，他為何口氣如此懷念呢。我能想到的原因少到數得出來。

貫之停下了腳步。強風吹拂，掉落在腳邊的木屑飛舞。有幾根木屑碰到臉，有點痛。

宛如等待風勢停歇般，貫之開口。

「我決定不念大學了。」

「…………咦。」

一開始我不知道他在說什麼。

可是下一句話卻清楚表達了那句話的意義。

「抱歉你為我各方面盡心盡力。錢就由你們分吧，我不要了。」

「你在說什麼啊……貫之……」

就算理解，我也完全不明白他到底在說什麼。

這是我們至今最大的目標，為了這個目標犧牲了許多事物。

結果卻被他本人親口否定了。

莫名其妙的情緒迅速轉化為憤怒。

之前一直累積在心裡的壓力點燃，然後——

「你、你在說什麼啊……！」

我使勁揪住貫之的胸口。盛怒之下我緊咬牙根，發出摩擦的聲音。

「你之前不是說要念書嗎！難道不是有錢就能繼續念了嗎！是你、是你說光靠自己實在辦不到，所以、所以……！」

貫之絲毫沒有抵抗。除了痛苦地表情扭曲以外，完全任憑我擺布。

「……打我吧，恭也。你有資格動手。」

「…………貫之。」

「我……已經不行了。」

我的雙手放鬆。貫之的身體得以解脫。可能有些呼吸困難，他僅咳了一聲。我的雙手失去去處，茫然盯著地面瞧。

天空的雲層比例逐漸增加。

白雲參雜烏雲，原本強烈的陽光在不久後宛如受到烏雲擠壓，完全消失無蹤。

等到陽光完全被遮住後，貫之再度開口。

「我啊，以前一直以為自己有才能。」

貫之開始平淡地表示。

「不論寫劇本或是小說，只要是文章或故事，我有自信不會輸給任何人。就算輸了，我也會堅持反超。」

「可是啊，這一年的經歷狠狠打了我的臉。不論再怎麼喜歡寫作，現在的我也不可能光靠這一行維生。」

「任何人都是這樣不是嗎。所以才要念書，努力提升自己……」

「我本來也是這麼想。認為大家在起跑線上，都還不成熟。」

說到這裡，貫之停頓片刻。

然後看著我的臉。

「直到遇見你為止，恭也。」

「咦，遇見……我？」

過於出乎意料的一句話，讓我目瞪口呆。由於太超乎想像，我無法答腔。

「一開始我對你的印象並不強。只覺得你一臉笑咪咪，而且人很好。可是你的笑容深處隱藏了非常強大的力量。」

貫之的表情彷彿真的見到很可怕的事物。

我實在無法聯想到，他眼中的對象居然是我。

「不論我多麼灰心喪志，無力地呆站在原地，恭也你總是做出冷靜又準確的判斷。而且宛如理所當然般引導我們。」

他嘆了一口氣。

嘆氣聲透露出不論怎麼努力都追不上，徹底死心的念頭。

「這就叫難以超越的壁壘。不論怎麼掙扎，都追不上你的思考。我抱著頭煩惱，到底反覆過幾次人生才能達到這種境界啊。」

聽得我內心一驚。貫之當然也沒有這個意思，但我總有種內心被他看透的感覺。

「可是你不是走劇本這一行的。所以我原本心想……若能跟隨這麼厲害的人也好，打工賺學費，並且認真念書也行。」

貫之仰望天空。吸了一次鼻子，抹了抹眼睛。

「結果我的天真幻想又被補了一刀。我難看地累倒，再度受到你的拯救。我們明明只是朋友，但你卻四處奔走，處處為我打點。」

後來開始創作遊戲。我向貫之提出各式各樣的要求，導致他變成只會滿足要求的人。

甚至讓他差點在不知不覺中失去自我。

「……所以我之前心想，這款遊戲會不會失敗。能不能證明你說的是錯的，讓我有機會嗆你。」

「怎麼會……」

「很過分對吧。你為了我而親力親為，策劃這種對你沒有任何好處的企劃。對於你這位恩人，我卻希望你失敗。如果是我的話，絕對不會相信這種沒用的廢物。」

結果遊戲大獲成功，一如我的預料得到讚賞。

貫之覺得自己彷彿被推入無盡深淵。

「可是你卻說是大家的力量，讚美我們所有人。產生救贖感的同時，我也嘗到了無可挽回的失敗感與絕望。」

我什麼也沒想，慰勞貫之，並且誇獎他。

再一次讓他覺得，遭受嘲笑還比較輕鬆。

「我深刻感受到，如果沒有你發揮我的長處，我就一事無成。是那一瞬間……讓我覺得自己無法繼續待在這裡。」

「不是這樣！」

我忍不住插嘴。

「我、我……我相信貫之你的力量，所以才心想能不能發揮……如果少了你，我照樣辦不到啊！」

何況就是因為有貫之，才有這種亂來的計畫。

正因為他具備職業意識與文筆，更重要的事熱情，我才提出各種方案。

「很難說吧。我總覺得恭也你辦得到。」

「怎、怎麼可能……」

「之前不是通通都成功了嗎。『我絕對會搞定』，你能靠這句話引發奇蹟啊。」

怎麼會這樣。

我只是想成為大家的助力。非常希望幫助大家。

而我只是非常拚命而已。

「我沒辦法成為恭也你。所以我要離開這裡，僅此而已。」

我一句話也開不了口。

我尋找詞彙。現在，我必須開口才行。

需要像平時一樣，想辦法搞定的妙計。像魔法般的一句話挽留貫之，明天繼續一如往常過大學生活。

我拚命思考。我們再一起創作吧，沒有你的話就無法開始。我做不到的事情，只有貫之你做得到。

腦海中想起千言萬語，但是到了嘴邊又吞回去。快點，快點想啊。如果想不到，貫之他就……

「……我本來有一個筆名，打算等成為作家後為自己命名。」

貫之先主動開口。

「當初我想以在地的名稱當作姓氏。雖然發生過不少事，但畢竟是養大我的土地。至於名字，恭也，我本來想借用你名字的讀音（註2）。」

「川越京一——這名字你聽了肯定讚不絕口。很棒吧？」

我仰望貫之的表情。他露出至今從未出現過的柔和笑容。

「啊……啊啊……」

我嚷著，我本來想發出聲音，卻一句話也說不出來。

只從喉嚨中擠出難堪的呻吟。

難道我努力至今，是希望這種事情發生嗎？

之前我那麼憧憬他這位作家，希望與他一起創作。

2　日文京與恭同音，皆為ＫＹＯ。

他明明對我說出充滿成就感的話。

可是這一切，都將在這裡畫上句點。

那位天才作家，在這種地方。

因為我的所作所為，而消失。

「……那就保重啦，恭也。」

貫之走下斜坡的速度比來的時候更加緩慢。速度慢到只要用跑的，隨時都能追上他。距離進到只要我一開口，他就能聽見。

但是我既開不了口。也跑不動。

因為我心知肚明，就算我挽留他，他也只會露出困擾的表情，什麼也不會改變。

冰冷的事物滴滴答答地從天而降。

水塊像炸彈一樣，從冰冷的灰色天空傾盆落下。

在空轉的思緒中，僅靠著必須採取行動的使命感，試圖抬起腳步。

我跨出一步。可是腳卻絆了一下。

「啊……啊、啊啊啊……！」

「嗚哇啊啊啊啊啊啊啊啊啊啊……！」

跪倒在地上後，之前一直忍耐的事物一口氣狂湧而出。

化為暴雨的雨水，讓地上的泥土接二連三變成泥漿。

不久之前明明還晴空萬里。應該是即將朝未來前進的嶄新藍天。

這一瞬間，前途變得晦暗不明，化為烏雲與冰冷的雨水交雜的灰色世界。

「為什麼……到底是哪裡不對啊……」

為了改變過去，我從十年後前來。為了與專注於創作的最棒成員們，製作最有趣的作品。

我也遇見了自己嚮往已久的創作人們。包括秋島志野、N@NA。以及……川越京一。

他們告訴我，沒有我的話就無法開始。

我，橋場恭也，在十年後的世界腐朽的沒用廢物，竟然能成為這些明星的核心。

可是，怎麼會這樣。

為什麼會在最後的最後，一切都亂了套啊。

「……啊。」

有人。

跪在地上的我，面前見到一雙可愛的鞋子。

「橋場同學，怎麼了？」

從上方傳來聲音。

「罫子……學姊……？」

之前製作過程中一直支持我的人，孤零零站在我面前。

她的站姿，身高大約和跪在地上的我相等。

可是對現在的我而言，覺得她彷彿在非常高的地方。

「橋場同學。」

罫子學姊也沒撐傘。

即使被雨水淋得渾身濕透，卻甚至不曾用手遮雨。

「……橋場同學。」

她再度只喊我的名字。

「罫子學姊……？」

這時候，我才終於發現不對勁。

若是平時，這位年幼學姊的表情總是不停地變化。但她現在面無表情站在該處。

沒錯。真要說的話，在此地的她只有外表是罫子學姊，內在完全是另一個人。兩者散發的氣氛有天壤之別。

「罫子學姊……貫、貫之他……」

我才說到這裡，罫子學姊就緩緩點頭。

「為什麼會這樣呢。」

「咦……？」

「為什麼……事情會不如己願呢？」

要問為什麼……原因其實很清楚。

「我沒有……仔細考慮貫之的情況，一開始就該多多……」

嘴裡說著，我同時想起一開始——剛進入大學的時候。

我從不論做什麼都是一場空的十年後世界，穿越了時間。

回到十年前，重製我的人生。然後為了迎接能與白金世代的明星們一起製作遊戲的未來，用功念書，努力學習……

「哎……奇怪？」

或許我誤會了一件事情。

我在十年後的世界，見到三位創作人閃耀的身影。

結果我來到了他們的過去。而且不知道為什麼。

但我原本以為這是個好機會。

或許能和那些明星們一起創作，哪怕我和他們唯一的共通點只有同學年。

然後我的願望實現了。藉由建立關係並照顧他們，我受到他們的需要，結果得意忘形。沒錯，我得意忘形了。

「因為我出手干涉……導致貫之，川越京一的未來……改變了？」

我突然身體開始發抖。

他們原本就是明星。

我陷入絕望時，他們在閃閃發光。

如果什麼也沒有發生，他們將會共同創作作品，並且公諸於世，獲得進一步名聲……本該是這樣。

這麼一來。我之前的所作所為……只是跑來亂的，一個不折不扣的……攪局者？

「該、該怎麼辦……我、我究竟……」

想對大家做什麼呢。

未來從原本的路線改變了。

而且還是我改變的。

難道我要這樣告訴大家嗎。

其實我早就心知肚明，就算說了也沒用。

到頭來志野亞貴肯定對我說「恭也同學你太累了呢」。

然後奈奈子會一臉笑咪咪，志野亞貴會溫柔地微笑。

「到底該怎麼辦……才好啊……」

我被迫想起之前做過的一件件事情。

大家都認為我是必要的。

我成功重製了人生。在重製的人生中，我總能成為核心。

美好的滋味導致我沒發現……自己做出了不可挽回的事情。

川越京一已經不存在了。消失了。

三人共同創作夢想中的遊戲，在這個時間點已經從世界消失了。

全部都是我害的。

都因為我擅自重製人生……

「呃、羿子學姊，這……」

我拚命呼喊她的名字。

我甚至覺得，這個世界上只剩她還在我面前。

雨勢愈來愈滂沱。

逐漸連視野都愈來愈窄。

雨水聲甚至抹除了聽覺。

灰色籠罩四周，麻痺了我的感覺，

在一切都攪和得亂七八糟的時候，

在我面前的人，好不容易……露出笑容。

然後，她這麼說。

「如果就這樣，到了未來——會怎麼樣呢。」

從某處傳來聲音。

究竟是腳步聲，還是心跳聲呢。

不明就裡的我試圖睜開眼睛。

但是眼皮始終睜不開。

我知道自己躺在哪裡。背後包裹在柔軟的事物中，而且籠罩著舒適的香氣。由於實在太舒服，甚至讓我以為自己還在做夢。

但是灑落在眼皮上的強烈陽光與熱度，告訴我這是現實。

「嗯……」

記憶依然曖昧不明的我，逐漸想起不久前的事。

舉辦同人遊戲的慶功宴，與貫之單獨對話。

然後……奇怪，到底發生了什麼啊。

可是我會躺在床上，代表我當時多半已經回到家。

明明沒有喝酒，居然會喪失記憶……

「……大概相當疲勞了吧。」

總之先醒來吧。

在我如此尋思時，

「嗯……？」

聽到腳步聲由遠而近。

「有人回來了嗎？」

腳步聲讓我睜開眼睛。

我正準備伸手拿起手機確認時間時，瞬間，

「爸爸——！」

傳來很大的「砰！」一聲，房門開啟。

「咦，爸爸……？」

我還來不及驚訝，飛撲而來的物體便壓在我身上。

是小學低年級的女孩。短髮與活力相輔相成，顯得非常可愛。

「討厭，爸爸一直在睡覺！和真貴一起玩嘛～」

然後女孩不滿地在我身上晃動身體，晃得床嘎滋作響。

「好、好痛好痛！呃，妳是誰的小孩呢？」

「嗯？誰的小孩是什麼意思？」

女孩露出不解的表情後，

「啊，對了！打招呼吧，來練習喔。」

她迅速從床上跳下來，

「我的名字是，橋場真貴。」

向我如此打招呼。

「橋場……真貴……」

和我的姓氏一樣。

妹妹的小孩，也就是我姪女，和她的年齡差不多，當然長相、聲音和名字都不一樣。我和妹妹本來就長得不像。所以姪女當然也不太像我。

不過面前的女孩，的確……

「有一點……相似。」

眼角與臉的輪廓，好像與看鏡子時的自己有幾分相似。

「爸爸，怎麼了嗎？從剛才表情就一直很奇怪喔？」

女孩露出訝異的神情。

她叫我爸爸。

還長得像我。

「我的……小孩？？」

不、不對，等一下。

就算我再怎麼穿越時間，也不可能憑空變出小孩來。

要生小孩得要有對象。而且她已經長得這麼大，代表必須在一定時間前就得生下她。

「媽媽，爸爸有點怪怪的～」

面前的情況似乎超越自己的理解，女孩再度開門之後跑掉了。

房間只剩下我一人。

「……呃……這裡，是哪裡……？」

我再度環顧房間一番，發現對眼前的光景很陌生。

在三坪左右的房間內放著一張床。我正躺在床上。

後方有一臺電視。而我發現非常不對勁。

「欸……這，不會吧……！」

我一躍而起，跑到電視機附近。

「好、好薄……」

擺放在該處的不是二〇〇七年那種映像管撐大體積的電視，很明顯是薄型電視。

「咦，稍等一下，等一下！」

我再度環顧房間。

放在電視旁邊的遊戲機是ＰＳ４。

幾款遊戲散落在一旁。有歐美ＲＰＧ的本土化版本，還有活用勇者鬥惡魔世界觀的沙盒類遊戲。

全都是留在記憶角落中的「新遊戲」。

「不……不會吧……」

ＰＳ４旁邊放著嶄新的遊戲機。

與其說遊戲機，更像是掌上型遊戲機插在底座上的狀態。緊湊的機身外殼印著陣天堂的商標。

在我的記憶中，完全找不到這種遊戲機。

「這是……什麼啊。」

然後我看向書架。上頭雖然放著一排排輕小說，但是和我最近見過的現實完全不一樣。

全套零使一集不少，還有學戰，友少，通通收齊了。

「現、現在幾點……手機，手機。」

我平時放手機的口袋中沒有摸到手機。

取而代之，床上擺著懷念的銀色平板。

我拿起手機，然後驚訝之餘鬆手沒抓好。

高清圖示並排在遍及整支手機的畫面上。

「是智慧型手機……」

然後我確認好一段時間沒見過的瀏覽器與社群網站圖示。

我突然感到不舒服。心跳愈來愈劇烈，眼前彷彿天旋地轉。

無法掌握情況。這究竟是怎麼回事，到底發生了什麼。所有現象都指向一件事。與其說不願意承認，其實是一直以為不可能成真的我，選擇拒絕一切。

這時傳來喀嚓一聲。

房門緩緩開啟。

「真貴怎麼了嗎？妳說爸爸很奇怪，爸爸不是好端端在這裡嗎。」

「可是剛才爸爸看著真貴，卻不知道真貴是誰喔～？」

「呵呵，爸爸在欺負真貴吧。爸爸好壞喔～」

剛才的女孩和某人一起進入房間。

「孩子的爸，早啊。睡得很好吧，已經中午囉。」

一臉笑咪咪的女性，是我熟知的人物。

身高不高，胸部卻很大。

頭髮略短，清爽地束起。

笑容非常可愛，不時露出的溫柔表情治癒了我的一切。

沒錯，我非常記得她是誰。

雖然散發的氣氛略為沉穩，但是她的外表，與我記憶中的對象絲毫沒變。

「孩子的爸……恭也，怎麼了嗎？」

志野亞貴的身影出現在我面前。

後記

這個世界充滿了妥協。

尤其是集團創作，這種將眾人想法緊密結合的作品中，這種傾向更顯著。

因為那樣做的話，這個人會這麼想；這樣做的話這間公司會有這種感覺。如此反覆妥協之下完成的作品，稱之為創造力的結晶，標價後問世販售。仔細一想，其實滿可怕的。

製作人被迫面臨割捨或發愁二選一。前者會馬上拍拍屁股走人。與其無法稱心如意，乾脆放棄製作，轉為完全個人活動，用各種方法脫離妥協的世界。有人能乾淨俐落地切割，也有人後悔。這條路的確很嚴苛。

或許有人覺得後者比較幸福，其實並非如此。黑暗會確實地侵蝕自己。體內日積月累的黑暗總有一天會爆發，徹底染黑全身。到時候……就一步也離不開了。

創作就是這樣。隨時都有危險，不斷試探自己的身體是否撐得住，一邊測試一邊創作，搞定工作。都這樣還不放棄，還是因為這份工作既有趣又喜歡。可是依然存在某些現實，無法靠這句魔法般的咒語解決。

《我們的重製人生》就是思考描寫這種情節後完成的故事。恭也懷抱創作的夢想回到十年前，結果嘗到苦果。也和朋友們的命運產生關聯。不過當然，他不會就此結束。接下來對恭也而言，才是真正的重製人生。不會像之前一樣一帆風順，但是他肯定會變得更強。希望各位讀者能支持本作品到最後。

接下來是致謝詞。這一次在寶島社發行的《這本輕小說真厲害！２０１８》之中，《我們的重製人生》成功名列前茅。衷心感謝各位投票、支持本作品的讀者。

第三集的書腰感言，則拜託我很尊敬的丸戶史明老師。看到給其他老師的感言，原本以為不會這麼直接吧……不過某方面來說是最棒的感言呢，非常感謝老師。唯一在意的一點是，會不會像以前一樣受到老師的粉絲鞭策（不起眼女友完結，老師辛苦了！）。Eretto 老師，這一次同樣感謝您。這次我再度明白 Eretto 老師的圖有多棒，並且在可愛的底下帶有嚴肅的表情。插圖的力量反覆衝擊了我呢。真是打從心底感謝老師。

編輯Ｔ大人，能將這份宛如批判自我的沉重原稿當成娛樂作品使用，都靠Ｔ大人的幫忙。平時都向您道謝，這一次同樣感謝您。感謝編輯Ｔ大人。

還有購買並閱讀本書的作者，由衷向各位致上敬意。依照慣例不確定是否有下一集，但我會盡可能描寫他們的過去，以及未來。不嫌棄的話，希望各位繼續支持。

那麼各位，我們下次再見吧。祝大家健康快樂。　木緒なち　敬啟

✿あとがき✿

このたびは、
『ぼくたちのリメイク～共通ルート終了のお知らせ～』を
手に取っていただきありがとうございます！

貫之のやってることを
もっと知ろうとして
禁断の世界の扉を
開けてほしい……！
ドキ
ドキ
………。
SOMY

きな揺れ動きを
見せたチームきたやま・改！
先が気になる～～!!

どうなる次巻!?

2017.11
えれっと

カゼに
気をつけてね

繪者後記

這一次
非常感謝各位讀者購買本作品
《我們的重製人生～共通路線結束公告～》！

試圖更了解貫之
究竟在做什麼，
想打開禁忌
世界的大門……！

北山團隊・改
出現重大變化！
讓人在意未來～！
下一集會如何發展呢？

2017.11　Eretto　要小心別感冒喔

浮文字

我們的重製人生(03)

(原名：ぼくたちのリメイク3)

作者／木緒なち　封面插畫／えれっと　譯者／陳冠安
榮譽發行人／黃鎮隆　總經理／陳君平
協　理／洪琇菁　國際版權／黃令歡
執行編輯／呂尚燁　美術主編／徐祺鈞
企劃宣傳／楊玉如、洪國瑋
出版／城邦文化事業股份有限公司　尖端出版
台北市中山區民生東路二段一四一號十樓
電話：(〇二)二五〇〇七六〇〇　傳真：(〇二)二五〇〇二六八三
E-mail：7novels@mail2.spp.com.tw
發行／英屬蓋曼群島商家庭傳媒股份有限公司城邦分公司　尖端出版
台北市中山區民生東路二段一四一號十樓
電話：(〇二)二五〇〇—七六〇〇(代表號)
傳真：(〇二)二五〇〇—一九七九
中彰投以北經銷／楨彥有限公司
電話：(〇二)八九一九—三三六九
傳真：(〇二)八九一四—五五二四
雲嘉經銷／智豐圖書股份有限公司　嘉義公司
電話：(〇五)二三三—三八五二
傳真：(〇五)二三三—三八六三
南部經銷／智豐圖書股份有限公司　高雄公司
電話：(〇七)三七三—〇〇七九
傳真：(〇七)三七三—〇〇八七
一代匯集／香港九龍旺角塘尾道六十四號龍駒企業大廈十樓B&D室
電話：(八五二)二七八三—八一〇二
傳真：(八五二)二七八二—一五二九
馬新經銷／城邦(馬新)出版集團　Cite(M)Sdn.Bhd.
E-mail：Cite@cite.com.my
法律顧問／王子文律師　元禾法律事務所
台北市羅斯福路三段三十七號十五樓
二〇二一年八月一版一刷
二〇二一年十月一版二刷

■中文版■

郵購注意事項：
1. 填妥劃撥單資料：帳號：50003021戶名：英屬蓋曼群島商家庭傳媒(股)公司城邦分公司。2. 通信欄內註明訂購書名與冊數。3. 劃撥金額低於500元，請加附掛號郵資50元。如劃撥日起 10～14日，仍未收到書時，請洽劃撥組。劃撥專線TEL：(03) 312-4212 ・ FAX：(03) 322-4621。E-mail：marketing@spp.com.tw

國家圖書館出版品預行編目資料

我們的重製人生3　/木緒なち作 ;
霖之助 譯 . --初版.
--臺北市：尖端出版, 2021.08
面 ; 公分.--(浮文字)
譯自: ぼくたちのリメイク3
ISBN 978-626-308-326-4(第3冊：平裝)

861.57　　110007295